うちの巫女、知りませんか？

神奈木 智

RB
幻冬舎ルチル文庫

CONTENTS ✦目次✦

うちの巫女、知りませんか？

✦カバーデザイン＝吉野知栄（CoCo.Design）
✦ブックデザイン＝まるか工房

イラスト・穂波ゆきね✦

うちの巫女、知りませんか？

1

恋人のしなやかな背中が好きだ、と麻績冬真《おみとうま》は思う。

特に、愛し合った後でベッドから上半身を起こし、脱ぎ捨てたシャツにふわりと袖《そで》を通す瞬間がいい。左腕をピンと張り、その際に肩甲骨まで流れる皺《しわ》の波がなんとも色っぽい雰囲気を醸し出す。普段、清廉とした白衣《びゃくえ》と袴《はかま》の禰宜《ねぎ》姿に見慣れている分、そういう時に顔を覗《のぞ》かせる艶《なま》めかしさは恋人の持つたくさんの魅力の一つだと思う。

「何をジロジロ見ているんだ？」

冬真のマニアックな視線に気づき、恋人——咲坂葵《さきさかあおい》は眉《まゆ》をひそめた。

「麻績、おまえもこれから出勤なんだろう？　いいのか、人の着替えを呑気《のんき》に眺めていて。そのニヤけた面《つら》、おまえを〝ハンサム刑事《デカ》〟なんて呼んでる弟たちに見せてやりたいな」

「ひどい言い草だなぁ。あのな、葵。今日が何の日か、おまえわかってんの？」

「え？」

生真面目な葵は、たちまち困惑を顔に出す。

「すまない、何かあったか？」

「俺が、葵と付き合いだしてから今日でちょうど二ヶ月なんだけど？」

「…………」

「んん？　感動した？」

「……バカバカしい。帰るぞ」

緊張した分だけ怒りが募っているのか、眼鏡《めがね》をかけた葵は冷たく立ち上がった。ええ、と冬真は予想外の反応に驚き、慌てて自分も起き上がる。脳内シミュレーションでは、ちょっと照れたように横を向き、目元を恥じらいに染めながら「……バカ」とか言ってくれるはずだったのに、まさか「バカ」が二つも付くとは思わなかった。

「ちょっと待てって。おい、葵！」

「のろのろしているなら、先に行く。今から出れば、朝の掃除には間に合うし」

「久しぶりのお泊まりで、そのつれなさはありえないだろぉ」

「おまえが！」

食い下がる冬真に、葵はいきなり声を大きくして振り返る。

見れば、その顔はこちらが面食らうほど真っ赤になっていた。

「付き合いだした、とか中学生みたいなこと言うから！」

「え……あ、ごめん……」

「いや、別に謝らなくてもいいんだ。いいんだ……が……」

勢いに押されて素直に謝ると、途端にしおしおとおとなしくなる。初対面から彼の怒った顔は冬真の好みで、そもそもそこに一目惚《ひとめぼ》れをしたといっても過言ではないのだが、照れ隠しのように怒鳴られるとまた違った味わいがあった。

(陽《ひなた》と木陰《こかげ》なら、これこそ『眼鏡ツンデレ』とか言いそうだよなぁ)

葵のマセた双子の弟、陽と木陰の顔を思い出し、冬真はふとそんな呟《つぶや》きを漏《も》らす。二人は一卵性双生児の中学生で、旺盛な好奇心を現在は兄と刑事の「禁断の愛」へと向けている。二人本人たちはゲームや漫画で培った知識を駆使して協力しているつもりなのだろうが、いかんせん成り行きを面白がっている部分は否めなかった。

だが、しかし。

生憎《あいにく》と、自分にとって葵は『ツンデレ』だの『眼鏡属性』だのという単語で単純にカテゴライズできる相手ではない。一見、地味に見えるが顔立ちは意外に整っており、おとなしげな風情でありながら頑固で勝ち気な面もある。相反する要素を目《ま》の当たりにするたび、冬真の中では「こんな男、他には絶対いない」という思いが募っていった。

(おまけに、実はすげぇ情熱家だしな。その分、怒らせると怖いけど)

感情を爆発させた時の葵は、他を圧するくらい綺麗だ。本人に自覚はなくとも、彼が普段は地味な『眼鏡くん』でいてくれることはいっそ有難い。冬真は、本気でそう思っている。

「そうか、もう二ヶ月になるのか……」

つらつらとくだらないことを考えていたら、不意に気が抜けたように葵は言った。

「そういえば、麻績と初めて会った時は初夏だったな」

「ああ。それが、最近はくっついて寝るのに最適な季節になっただろ。今年も残すところ、あと三ヶ月ちょっとだもんな。早いよなぁ」

「おみくじ殺人事件の後は、そんなに大きな事件もなくて何よりだ」

「まぁな。あの時は、葵の神社にも迷惑かけちゃったからな」

まだ振り返ると苦い思いがこみ上げるせいか、我知らずしかめ面になって冬真は答える。

葵の家は千年の歴史を誇る古い神社で、『高清水《たかしみず》神社』とスタンプを入れた独自のおみくじを扱っているのだが、年明けから初夏にかけて起こった連続殺人事件の被害者が全てそこの大吉のおみくじを所持していたため、不吉な噂《うわさ》が流れてしまったのだ。

冬真は警視庁の捜査一課所属の刑事で、国家公務員I種に合格したいわゆるキャリアだ。階級は警部補で、警察庁から研修の名目で派遣されている。そうして担当したおみくじ殺人事件が縁で、神主の父親を補佐している禰宜の葵と知り合った。

「気にするな」

冬真の憂いを払拭《ふっしょく》するためか、葵は殊更《ことさら》さばさばした口調で言う。

「人の噂《うわさ》もなんとやら、だ。今は、以前と参拝客も祭事の依頼も変わりない。いや……」

「ん、どうした？」

「ある意味、以前よりも賑わっているといってもいいかもしれない……」

そういう割に、表情はあまり嬉《うれ》しくなさそうだ。困ったように眉根を寄せ、眼鏡越しの瞳はややウンザリした色を帯びている。ははん、と冬真は察しをつけ、自身も着替えるためにベッドから降りながら口を開いた。

「ひょっとして、アレだろ？　〝双子の美少女巫女《みこ》、現る！〟」

「……ああ」

案の定、葵の顔はますます渋くなる。

「正直、迷惑しているんだ。あの記事には」

「記事っていったって、一般人のやってるブログじゃないか。そんな目くじらたてなくたって。今までも、新聞の地方欄で取材されたりしてたんだし」

「でも、今回はちょっと違う」

「違う？」

どうやら、葵は真剣に迷惑しているようだ。潔癖な彼の性格上、『双子』『巫女』などの萌《も》えキィワードに反応して騒ぐ輩《やから》に辟易《へきえき》するのは当然だが、そんなことならこれまでにもよくあった。しかし騒がれている本人たち、陽と木陰は兄の心配をよそにノリノリで巫女姿を披露しているので、一概にミーハーな連中ばかりを非難もできなかったのだ。

（なんせ、わざわざ女装して神社の宣伝に努めてるくらいだしな）

かくいう冬真も、最初は二人を女の子と信じて疑わなかった。巫女姿の時の彼らは肩で揃《そろ》えたおかっぱのカツラを被《かぶ》り、声からしゃべり方まで変えている。葵のことも普段は「葵兄さん」と呼んでいるのに、巫女になると「葵兄さま」と突然しとやかになるのだ。冬真自身、二人と同じ年頃の妹がいるので、そんな光景をむしろ微笑《ほほえ》ましく思っていた。

（それが、まさかあんな食えないガキどもだったとはね）

彼らのこまっしゃくれた口調を思い出すたび、つい苦笑がこみ上げてしまう。

陽と木陰は兄思いのいい子たちだが、時と場合によって自分たちの役割を演じ分ける聡《さと》い面も持っている。冬真には包み隠さずどの顔も見せてくれるが、鈍い葵などまだ知らない部分がけっこうあるのではないかと思われた。

「葵、今までと違うって何がだ？　気になるなら話してみろよ」

「いいのか？　でも、おまえ出勤時間が……」

「緊急呼び出しじゃないから、定時に行けば問題ない。それに、都民の声に耳を傾けるのは、立派に警察官の仕事だからな」

「麻績……」

「言ってみろって。ブログで、何かプライバシーの侵害でもされたか？」

「…………」

冬真の言葉に、葵は急いで首を振る。彼はかつて傷害事件の被害者になったことがあり、今でもその後遺症や精神的ダメージで苦しんでいた。だが、幸いにも今回は過去に触れるような類《たぐい》ではないらしい。冬真もホッと胸を撫《な》で下ろし、改めてベッドに腰を下ろした。

「ほら、葵も隣に座れって。朝の掃除、外泊するから双子たちに頼んできてるんだろ？」

「まあ……な。ボランティアの方々もいるし」

「だったら、まだ時間はある。あ、そうだ。コーヒー飲むか？」

「いい。そのまま聞いてくれ」

腰を浮かしかけた冬真を押し戻し、葵は静かに隣へ座る。目覚まし時計は午前七時を回ったところで、木製のブラインドの隙間《すきま》から朝の光が差し込んでいた。

「実は、そのブログというのが思ったよりも有名らしいんだ」

「ははぁ、人気ランキング上位とか？　紹介されたの、いつだっけ？」

「一週間ほど前かな。記事がアップされた翌日の早朝から、境内《けいだい》に地元民じゃない人間がわらわらやってきた。ほとんどが男性で、女性は一割くらいだ。皆、手に携帯やデジカメを持っていて、妙に浮足立った様子でキョロキョロ周囲を見回していた」

「う～ん……そりゃ、なんとも異様な光景だなぁ。大体、おまえんとこの境内って、そんなに広くはないだろ。何人くらい来たんだ？」

「秋祭りをやるくらいだから、そこそこ人は集まれる。まぁ、それでもせいぜい二百人程度だが……さすがに、そんなには来てないからまだいいんだ。ただ、普段は一日の参拝客が二ケタのところに、いきなり入れ替わり立ち替わりで若い人が押し寄せてきたんで、ご近所の方々が困惑している。それが、困るんだ」

「高清水神社は、愛されてるしなぁ。「ここのマンションの大家さんも、今頃せっせと箒《ほうき》を動かしてるぞ。おばあちゃん、少女時代は境内でよく遊んだって言ってるし」

実を言えば、冬真のマンションと葵の神社は徒歩でもそう離れてはいない。実家暮らしの葵の家ではイチャつけないので、いきおい一人暮らしの冬真の部屋で過ごすことが多いのだが、マンションのオーナーである老婦人は生まれも育ちもこの土地の人間なのだった。

「場所も都心で出かけやすいし、人気ブログに〝可愛《かわい》い双子の巫女さん発見〟なんて書かれたら、確かにふらっと覗いてみようかとか思うよな」

「参拝は歓迎するが、何か弟たちにおかしな真似をされたら困る」

「おかしな真似……」

「あの二人は相変わらず危機感ゼロだし、女装して素の姿がバレてないのをいいことに、平気で写真なんか撮らせているんだ。もし、妙な趣味を持った奴がいたらどうする！」

話している間にエキサイトしてきた葵は、握った拳を自分の太股《ふともも》へガンと打ちつける。まぁ落ち着け、と冬真は急いで肩を抱き、心もち顔を近づけてささやいた。

「葵、おまえが過敏になるのは無理もない。あいつら、本当は男の子だって来た人に言ってないのか？　確か、特別に隠しているわけでもなかったよな？」

「今回は、あまりに周りが喜んでいるので言い出せないようだ。一過性のものだし、地元の人たちのように付き合いが続くわけじゃないしな。でも、俺としてはそこも引っ掛かる。なんだか、詐欺《さぎ》みたいじゃないか。一応、来てくれた人は女の子だと信じてるんだし」

「あ、もしかしてお賽銭《さいせん》を貰《もら》うのに気が引けてるとか？」

「……それもある」

「ん〜、まぁそっちは撮影代とでも思っておけばいいんじゃないかなぁ」

どこまでも真面目だな、と感心し、冬真は更に葵との距離を縮める。

「ま、あんまり騒々しいのは神様だって迷惑だ。度を超すようなら、俺から担当の交番に話をしておいてやるよ。警官が注意するのが、一番早いだろうし」

「すまない……」

「なんだよ、こんなことくらいで。大袈裟《おおげさ》だって」

「本当は、麻績の手を煩《わずら》わせたくはないんだ。まして、その……」

「ん？」

言いにくそうに口ごもる葵へ、優しく先を促した。年齢でいけば二十六歳の冬真より彼の方が一つ年上なのだが、ふと見せる頼りなげな表情は「守ってやりたい」と思わせるものがある。無論、そんなことを一言でも口走ろうものなら、たちまち怒りだすだろうが。

「麻績は……俺の、つまり、その」

「なんだよ、遠慮しないで言ってみろって」

「だから、要するに……恋人だろう？」

「そ、そのつもりですが」

なんで、そこで敬語になるよ。思わず、心の中で冬真は自分へ突っ込む。だが、改まって葵の口から「恋人」なんて言われると、それだけでもう動悸《どうき》が速くなるのがわかった。これでは、中学生みたいだという先刻のセリフをまったく否定できない。

（考えてみりゃ、携番とメアド聞き出すのに二ヶ月かけてるんだっけ）

自慢ではないが、冬真は頭と顔にはそれなりに自信がある。学生時代から女性にはモテまくったし、葵と付き合うまでは適当な遊び相手もいた。それなのに、どういうわけか葵の唇を通した途端、平凡な単語がやたらと甘く聞こえてしまう。

「麻績？　どうした？」

「あ、いや、なんでもない。うん、俺は葵の恋人だ。間違いない」

「恋人が警察関係者だからって便宜を図ってもらうのは、なんだかズルい気がする」

「え……」

「だけど、弟たちの安全には代えられない。頼んだぞ、麻績」

そう言って、葵は気を取り直したように微笑んだ。無粋《ぶすい》な眼鏡越しの顔が、笑った途端にパッと明るく和《やわ》らぐ。普段が仏頂面《ぶっちょうづら》で無愛想な分、その落差は冬真にとって強烈な魅力だった。なんだか、自分だけに心を許してくれている気分になる。

「葵……」

笑顔に誘われて、つい不埒《ふらち》な欲望が湧いてきた。

昨夜は、二週間ぶりの逢瀬《おうせ》だった。刑事として多忙を極める冬真と規則正しい生活を送る禰宜の葵では、そもそも生活の時間帯からしてズレている。自然と電話よりメールが多くなるし、たまにかけてもどちらかの留守電にメッセージを残すような日々が続き、そのストレスもあってベッドではかなり盛り上がってしまった。

（それでも、まだ全然足りない）

本音を言えば、まだ帰したくはない。このままベッドへ引きずりこんで、一番上まできっちり締めたボタンをもう一度全て外したい。けれど、戻れば神域で禰宜としての務めが待っているせいか、明るいうちから寝ることに葵はかなり抵抗を感じているようだ。初めての時こそ勢いで進めていけたが、ここで押し倒せば困らせるのは必至だった。

「麻績……？」

瞬きをして、間近から葵が見つめ返してくる。きっと、こちらの欲望に気がついているのだろう。決まりの悪い思いで身を引こうとすると、意外にも彼の手がそれを押し留《とど》めた。

「あ、葵？」

「次は、いつなら会えそうだ？」

「え……」

「や、その、大きな事件が起きなければ、の話だけど」

「葵……」

じんわりと、喜びが冬真の胸を満たしていく。

第一印象が最悪だったせいで葵と打ち解けられるまでけっこう時間がかかった身としては、信じられないようなセリフだった。何しろ殺人事件という背景や刑事の肩書も手伝って、神社へ顔を出すたびに眉をひそめられていたのだから。

冬真は自分の腕にかけられた指に右手を重ね、鼻先を彼の鼻先へ近づけた。

「じゃあ、今夜」

「今夜？　また急だな……」

「無理か？　二晩続けて外泊は厳しいか」

「いや、まぁ……務めさえちゃんと果たしていれば。別に子どもじゃないんだし、それは構わないんだが……弟たちが、また煩《うるさ》いからな……」

「ああ、あいつらね」

くすりと笑って、陽と木陰のこまっしゃくれた顔を思い浮かべる。

「どうせ、おまえの困る顔が見たくて言ってるだけだよ。あの二人、お兄さん子だからな」

「麻績はそう言うが、最近ますます口が達者になってきて大変なんだぞ。まぁ、もう十四歳だし、いつまでも子ども扱いしてもいられない年なんだが」

「対応できないなら、返事は俺へ回せ。〝ハンサム刑事に訊《き》きなさい〟ってさ」

「おまえ……」

「何？」

「よく真顔で自分のこと、ハンサムとか言えるな。第一、今どきあまり言わないだろう、ハンサムって。まぁ……不細工ではないことは認めるが……」

「ありがとう」

呆《あき》れる様子が可愛くて、冬真はそのまま軽く唇を重ねた。不意を突かれた葵は一瞬身体《からだ》を固くしたが、構わず少し強めに押し付ける。すぐに抵抗は止《や》み、どちらからともなく開いた唇から惹《ひ》かれ合う生き物のように舌が絡《から》み合った。

「ん……ふ……っ……」

溜《た》め息混じりの吐息を零《こぼ》し、葵は自ら身体を擦りつける。抱き締める腕に力を込め、冬真は深く浅く口づけをくり返した。

「葵、好きだ……」

「ん……」

「好きだよ……」

俺も、と答える代わりに、葵の舌が大胆に蠢《うごめ》く。生真面目なようでいて、一度心を開くと情熱的になる——そんな潔さも冬真は気に入っていた。

「帰ら……ないと……」

ようやく唇を離すと、上ずった声で葵が小さく呟いた。その響きに未練を感じ取り、冬真は彼のこめかみへ短いキスを贈る。

「すぐ、また会える。今晩、約束な？」

「……うん」

子どものように頷き、彼は口づけでズレた眼鏡を何気なく人差し指で押し上げた。無防備な仕草に心臓を直撃され、襲いかかりたい衝動を堪《こら》えるため冬真は急いで立ち上がる。

(やば……っ。あと一秒でも近くにいたら、俺、間違いなく押し倒してたぞ)

恋人同士なのだから、多少の強引さは大目に見てもらえるだろう。そう頭ではわかっていても、なるべくそういう真似はしたくなかった。別に「いい人」を気取るわけではないのだが、葵は傷害事件で重傷を負った経験がある。きっと乱暴な扱いには敏感だろうし、こちらも気を配るべきだと思ったのだ。

(冬美《ふゆみ》だって、今だに他人の大声や中年の男性は怖がるもんな)

犯罪に巻き込まれた妹が車椅子の生活を余儀なくされているため、余計にそう感じてしまう面は否めない。何年たとうが理不尽な犯罪によって傷つけられた心は、そう簡単に癒せるものではなかった。憎悪ではなく愛が動機であっても、そんなのは免罪符にはならない。

「麻績、どうした？」

「えっ？」

「いきなり立ち上がるから、びっくりするじゃないか。もう急がないとまずい時間か？」

「あ、いや、そういうわけじゃないよ。気にすんな」

「…………」

「そうだ、やっぱりコーヒー飲もうぜ、コーヒー。葵のカップ、どこだっけかな」

「——麻績」

ごまかし方がわざとらしかったのか、葵はやや咎《とが》める口調になった。

「いいから。そんなに気を遣わなくても、俺なら平気だから」

「葵……」

「そんなに、俺を大事にしなくてもいい」

歯がゆそうにそう漏らした後、ハッと気まずげに横を向く。見抜かれていたか、と冬真は心の中で呟き、何か言い訳せねばと口を開こうとした。

「いや、あのさ、俺はただ」

「弟たちが」

早口で冬真の言葉を遮り、葵は思いきったように言う。

「あれから何年もたってるのに、今でも俺のことを心配しているんだ。明るくふざけた態度でいても、兄弟だからそれくらいわかる。だけど、気づいていて知らん顔を続けるのも、正直なところ……ちょっとだけしんどい」

「葵……」

「だから、麻績だけはそのままでいてくれ。変に気を回したり、俺のためを思ってやせ我慢なんかしなくていい。そんなところで優しくならなくていいんだ」

こちらへ向き直った彼から、真《ま》っ直《す》ぐな声が突き刺さった。

そうか、と冬真は肩の力を抜き、改めて葵の強さに感嘆する。彼の芯は、トラウマや暴力では揺らがない。そのことを、もっと信じればよかった。

「じゃあ、お言葉に甘えて」

いそいそと葵の前に立ち、屈《かが》んでそのまま押し倒そうとする。

ところが、意に反して葵は冷ややかな目つきで冬真を無下に押し返すと、つれなくベッドから離れてしまった。

「おいおい、葵くん？　今度はなんだよ？」

「そっちこそ、朝っぱらからいきなりなんなんだ」

「え、だって〝やせ我慢するな〟って」

「あれは、言葉のアヤだ！　鵜呑《うの》みにするな！」

「えええええ――」

そんな理屈ありかよ、という叫びが室内に響き渡る。

「あのな、葵。人をからかうのもいい加減に……」

「今晩って言ったのは、そっちだろう。大体、こっちはおまえと違ってそれなりに負担も大きいんだからな。今やるなら、夜は来ない」

「また、そういうことを言う」

殺生《せっしょう》な言い草だったが、「負担が大きい」と言われたら強気には出られなかった。確かに、回数を重ねてようやく慣れてきた頃なだけに、無茶を強いるのは本意ではない。冬真も男同士の行為は葵が初めてだったし、まだ手探りな状態なのは否めなかった。

「ま、半分は照れ隠しだと思うけどね」

「何か言ったか？」

「いや、別に」

仕方ない、と嘆息し、冬真は苦笑いを浮かべる。

純情そうな禰宜さんに、もしや自分は手玉に取られているのでは——そんな疑問を抱くこちらをよそに、葵はさっさと残りの身支度を整えると「じゃあ、今晩また」と言い残して部屋から出て行ってしまったのだった。

朝から複雑な思いを味わい、半ば上の空で捜査一課へ出勤した冬真を、先輩刑事の矢吹信次《やぶきしんじ》が冷やかすような態度で出迎えた。

「よぅ、警部補殿。朝から、不景気な面してますな」

「……矢吹さん。どっかのドラマみたいなセリフ、言わないでください」

「お、マジでへこんでんのか？　よしよし、悩み事ならなんでも相談しろ。バツイチ、万年ヒラの巡査部長、しかし人生経験は豊富なこの矢吹先生が解決してやろう」

「ついに自虐ギャグに走りましたか。はは ぁ、わかった。また、お子さんに面会させてもらえなかったんですね？」

「う……っ」

それまで調子よくまくしたてていた矢吹が、痛恨の一撃を食らって押し黙る。彼には別れた妻と幼い娘がいるのだが、相当元妻に嫌われているらしくなかなか娘に会わせてもらえないのだ。その件で弁護士をたて、何度か話し合いを続けているが上手《うま》くいかないらしい。

「それは……その、アレだ。面会日になると、なんでか事件が起きてだな……」

「三回続けて約束をすっぽかしたんで、とうとう元奥さんにキレられたんですよね」

「……うるせぇよ。刑事の妻が、それくらいでガタガタ言ってどうすんだ！」

「だから、離婚になったんじゃないんですか」

「麻績ぃ～……おまえ、それでも後輩か！」

客観的に見れば気の毒だとは思うのだが、矢吹のリアクションが面白くて冬真はつい意地悪な口をきいてしまう。だが、ちょっと苛《いじ》めすぎてしまったようだ。すみません、と愛想よく謝ると、お詫びにセルフサービスのコーヒーを矢吹の分まで淹《い》れて戻った。

「ちょっと、出かける前にいろいろあってですね、でも矢吹さんのお陰で元気出ました」

「へ？」

「いや、会いたい時に会いたい人に会えるだけ、自分は幸せなんだなぁと……」

「おまえなぁっ！」

留めの一発にコーヒーを噴き出す矢吹を、冬真は笑って「まぁまぁ」と宥《なだ》める。外資系の会社から転職組として警察庁入りした冬真は、幹部候補として警部補の肩書をもらい、警視庁の捜査一課へ三月に配属された。矢吹は階級こそ下になるがベテランの先輩刑事として何かと面倒をみてくれ、その付き合いももう半年以上になる。最初の頃に比べると、ずいぶん距離が近くなったのは事実だった。

（それも、やっぱり〝おみくじ殺人事件〟があったからだよな）

同性の葵との付き合いは大っぴらにできないが、幸いにも出会いからまとまる経緯まで矢吹は全部知っている。その上で引くこともなく、普通の恋人同士のように対応してくれるのは正直有難かった。そんな背景も手伝ってか、今では単なる先輩後輩の枠を超えて信頼関係が築けている気がする。少なくとも、冬真はそうだった。

（もっとも、配属直後からノンキャリアの先輩たちに一線を引かれて、矢吹さん以外に親身になってくれる人もいなかったんだけどな）

現在はだいぶ薄れたが、まだまだ周囲との壁は感じる。また、冬真自身も可愛げのある性格とは言い難く、むしろ「エリートで何が悪い」と思っているので余計だった。大人なので表面には出さないが、やはりそういう心根は伝わるものらしい。

「だけど、本当のところ、矢吹さんどうなんですか？」

「どうって、何がだよ？」

「恋人とか。いつも総務の路美《ろみ》ちゃんのこと、やらしい目で見てるじゃないですか」

「やっ、やらしかないだろ、別にッ！　俺は、ただ純粋にあの胸をだな……いや、それじゃやっぱりセクハラか……。なぁ、麻績。俺の目つき、そんな露骨か？」

「大真面目に訊かないでくださいよ」

「俺はだな、ただ女性のふくよかな丸みを帯びた、あの二つの弾むような部分がだな」

「はっきり〝巨乳が好きだ〟って言ってもいいですよ？」

「楽しそうな話題だけど、職場で下ネタは慎むように」

突然、二人の会話をにこやかな声音が遮った。ギクリとして振り返ると、すぐ後ろに上司の配島蓮也《はいしまれんや》が立っている。東大出身のキャリアの彼は僅《わず》か三十歳の若さで警視正となり、今や庁内でもっとも短期間で出世したエリート中のエリートだ。

「げげ……」

相手が誰だか認識した瞬間、矢吹が嫌な顔をした。どういうわけか、彼は蓜島を毛嫌いしていて、何かあるとすぐ険悪な雰囲気になってしまうのだ。確かに叩《たた》き上げの刑事からすれば煙たい存在には違いないが、蓜島自身は頭の切れる優秀な男だし、冬真は決して嫌いではない。けれど、矢吹にとっては天敵も同然らしく、今もあからさまに背中を向けてその場から立ち去ろうとした。

「矢吹くん、どこへ行くのかな」

「あー、すんません。ちょっとトイレ行ってくるんで、話なら麻績の方へ」

「一分くらい我慢してくれる？　事件だから」

「事件？」

さすがに、その単語は無視できないようだ。顔色を変えて振り向く矢吹を見て、蓜島はにっこりと品のいい微笑を浮かべた。同時に事件発生を伝えるアナウンスが、緊迫した様子でスピーカーから流れてくる。

『N区松山町《まつやまちょう》で、強盗殺人事件発生。被害者は一人暮らしの中年男性。犯人は逃走中。凶器は刃物で、犯人が持ち去ったものと思われます。くり返します……』

女性の声が、簡潔に事件のあらましを説明した。まだ詳細は何もわからないらしいが、所轄はすでに動いており、おっつけ在庁の冬真たちも応援に駆り出されそうな雰囲気だった。

「……ほらね、聞こえてるよ」

「ほらね？」

「矢吹くんは、すぐ怒鳴る。そんなに大きな声を出さなくても、
陰惨な殺人事件を知らせに来たとは思えない、優雅な微笑で葩島が受け流す。多分、彼のこういう態度が余計に矢吹の癇《かん》に障るのだろうが、冬真が見る限り、葩島はわかっていてわざとやっているようだった。

（年は矢吹さんの方が五歳上だけど、キャリアの葩島さんはあっという間に上へいっちゃったって話だもんな。それでも、昔は矢吹さんが可愛がってたって聞くけど本当かな……）

今の二人は一課でも有名な犬猿の仲――というより矢吹が一方的に嫌っているので、その頃の「可愛がっていた」様子など少しも想像できない。当然、矢吹本人から当時の話を聞いたことはないいし、それは葩島からも同様だった。

（でも、珍しいよな。矢吹さん、すごく面倒見いい人なのに。いくら後輩が出世したからって、ここまで嫌うもんかなぁ）

もっとも、ヨレヨレの安物スーツに無精ひげ、妻子に逃げられた冴《さ》えない中年男といった風情の矢吹と、趣味の良い上等なスーツに理知的な眼鏡と柔らかな美貌、加えて実家も資産家だという葩島ではあまりに水と油すぎる。仕事を離れたら接点など何もないだろうし、相性が悪くても仕方がないのかもしれない。

「今、所轄に事件の詳細をまとめてもらっている。初動捜査の経過をみて捜査本部を設けるようになったら、君たちの出番だからね。よろしく頼むよ」

「はい、わかりました。でも、本当は早期解決だといいですね」

「なぁに甘いこと抜かしてんだ、麻績」

ガリガリと頭を掻《か》きながら、仏頂面で矢吹が割り込んでくる。

「殺人事件は、初動で約八割が解決する。それでダメなら、覚悟するしかねぇだろ」

「……ですよね」

現実的な指摘に、早くも笑顔が引きつりそうになった。せっかく葵と二人きりの時間をもてるようになったのに、蜜月は僅か数日でお終《しま》いになりそうだ。一旦捜査本部に入れられたら、一週間家に帰れないなんて事態はザラだった。矢吹が娘と面会ができず、元妻に愛想を尽かされても無理はない激務なのだ。

「あれ、ずいぶん浮かない顔するね。麻績くん、もしかして恋人がいるのかな？」

「い、いきなり核心突きますね、課長は」

「やっぱり、そうなんだ。ふぅん、相手はどんな人？」

「どんなって……」

部下のプライベートには滅多に踏み込んでこないのに、今日の蓜島はニコニコと質問を畳みかけてくる。どういう風の吹き回しかと戸惑いながら、なんて答えようかと冬真は思考を巡らせた。何を隠そう葵は蓜島の大学の後輩で、かつては蓜島の父親が開いている弁護士事務所でパラリーガルとして働いていたことがあるからだ。

（顔見知りの後輩が、自分の部下で男と付き合ってるとは思わないだろうしな）

真実を打ち明ける気などないが、葵の知り合いだけに気持ちは複雑だ。とにかく、何か上手い言い逃れをしなくては、と口を開きかけた時、脇から矢吹が口を挟んできた。

「ほんじゃ、課長。俺と麻績は、ちょっくら別件で出てきますわ」

「矢吹さん？」

「行くぞ、麻績。忙しくなる前に、細かい仕事はちゃっちゃと片付けちまわないとな」

「――矢吹くん」

半ば強引に冬真を促し、部屋から出て行こうとする矢吹を、冷ややかな蓜島の声が呼び止める。表情は相変わらず穏やかだが、その目が笑っていないことは明らかだった。

「僕が、部下の人間関係を掌握しておくのは仕事のためだよ？」

「人間関係？　こいつに女がいるかどうか、ってことがかよ？」

「当然。恋愛は、いつだって人から理性と常識を奪う」

「…………」

「君は、誰よりそれをよくわかっていると思うけど？」

最後の一言は、もしや嫌みだったのだろうか。

蓜島のセリフを聞くなり、矢吹の顔に一瞬だけ朱が走った。見ていた冬真は驚き、反射的に対峙する二人を見比べたが、彼らの間に流れる尋常でない緊張感に言葉を失ってしまう。

だが、すぐに矢吹はふうっと息を漏らし、いつもの気が抜けた風体に戻ってしまった。

「矢吹さん、あの……」

「行くぞ、麻績」

皆まで言わせず、彼は背中を丸めてさっさと先に出て行く。仕方なく蓜島へ一礼して後を追おうとした冬真へ、「麻績くん」と爽やかな声がかけられた。

「葵は元気にしている？」

「え……」

「付き合いがあるんでしょう？　おみくじ事件をきっかけに、親しくなったと聞いてるよ」

「ええ、まぁ……」

「それはよかった」

意味ありげに微笑み、行っていいよ、と目で促される。今度こそ部屋を出て行きながら、(なんなんだ）と冬真は少し不愉快になった。第一、「葵」とわざわざ呼び捨てにするところが気に入らない。葵が弁護士事務所を辞めてからは付き合いがほとんどないようだし、蓜島だってさして興味など抱いていなかったはずではなかったのか。

(やっぱり、けん制……かな)

どの程度知っているかは不明だが、もしかしたら聡い彼は自分と葵の関係を薄々感づいているのかもしれない。ボロは出さなかったつもりだが、恋人の話題のすぐ後で名前を出してくるなんて、いかにも作為的だ。

（部下のキャリアが同性と恋仲だってのは、やっぱりまずいんだろうな）

冬真の評価は、直属の上司である蔰島の査定にも響く。彼がそんなことを気にするとは思えなかったが、他に理由は思い当たらなかった。

「……ったく、あいつと話してると肩が凝ってしょうがねぇや」

追いついた冬真へ、矢吹がだるそうに肩を回しながら毒づいてくる。いつもは黙って聞いている冬真も、今日ばかりは同感だった。上司として尊敬はしているが、蔰島は考えが読めなさすぎる。そう答えようとしてちらりと矢吹を見ると、彼は擦れ違った若い婦人警官に「おはようございまぁす」と挨拶《あいさつ》をされて、すっかり機嫌を直していた。

「あのね、葵兄さん。この一週間で、二ヶ月分くらいの参拝客が来たんだって」

「凄《すご》いと思わない？　皆、ちゃんとお参りしてくれるから、お守りとかお札の品切れもあるんだよ。そうだ、いっそ双子のお守りとか作っちゃう？」

「いいねいいね！　そんでさ、僕と木陰でユニット組んじゃったりして！」

「ネットに、踊ってる動画とか投稿してみようか。デビューの話が来るかもよ！」

「じゃ、歌も歌わなきゃ。振り付け、どうする？」

「……妄想は、その辺でやめておくように」

際限なく続くおしゃべりに、ウンザリしながら葵はストップをかける。

今日も学校から帰るなり双子の弟たちは張り切って巫女姿に変身し、「じゃんじゃん売るぞー！」と罰当たりな発言をしつつ社務所へ駆けて行こうとした。その襟《えり》首を二つ捕まえ、いい機会だからと本殿へ引っ張ってきたのだが、彼らは一向に説教を聞こうとしない。

（まいったな。すっかり、浮足立ってしまって）

禰宜姿の葵は、どうしたものかと溜め息をついた。まだ子どもだから、見知らぬ大人たちにチヤホヤされて有頂天になるのはわかる。だが、一過性の人気で二人がおかしな方向へ勘違いしていくのを兄として見過ごすわけにはいかなかった。

「やだなぁ、葵兄さん。また、眉間《みけん》に皺が寄ってる」

「大方、僕たちが浮かれて道を踏み外して、性格が歪《ゆが》んでクスリに手を出して」

「ヤクザに目をつけられて〝双子の美少年〟として怪しげな店で働かされて」

「ボロボロになったところで、陽が店のオーナーに無理やり愛人にさせられて」

「弟を助けたければ、アラブの王様のオモチャになれって木陰が言われて」

「でも、店のオーナーは陽を本当は愛していて」

「アラブの王様は、愛を知らない孤独な人で」

「それで……えーと、続きはどうする？」

ようやく妄想のネタが尽きたのか、木陰が困ったように陽へ振る。途中から何の話をしているのかさっぱりわからず目を白黒させていた葵は、そこでハッと我を取り戻した。

「おまえたちは、またそうやってふざけて兄さんを煙に巻こうとしているな」

「そんなことないよ。なぁ、陽？」

「だよねぇ、木陰」

同じ遺伝子を持つ二人は、そっくりな顔を突き合わせてくすくす笑う。動きに合わせて肩で揃えた真っ黒な髪がさらさら揺れ、大きな黒目が愛らしく輝いた。

（まったく……小悪魔どもめ）

左目の下に小さな泣きボクロがあるのが兄の木陰、ないのが弟の陽だ。二人とも清楚な巫女姿がとても似合っており、完璧な美少女ぶりと言えた。葵でさえ、何も知らなかったら女の子だと信じて疑わなかっただろう。しかし、実際は紛れもなく男の子だし、カツラを取ればごく普通の十四歳だ。女装が違和感ないくらい顔立ちは可愛いが、『巫女』という付加価値が大きく物を言っている事実は否めない。

「とにかく」

努めて厳しい声音を意識して、葵は弟たちに言った。

「今後、巫女姿は禁止する。神社の手伝いは、普通の格好でするように」

「ええええええ――ッ」

予想していた通り、見事なシンクロ率で二人は抗議の声を張り上げた。だが、今度ばかりは葵も引くわけにはいかない。そもそも、男の子が巫女の格好をする方がどうかしているのだ。挙句の果てに妙なブログで紹介されて、得体の知れない連中に写真など撮られては教育上もよろしくない。両親は双子に甘いので好きなようにさせているが、何かあってからでは遅いのだ。

「葵兄さん、心配しすぎだよ。今は写真だって、ブログとかホームページにはアップしない、って約束できる人にしか許可してないんだしさ」

「そうそ。こんなの、すぐ皆飽きるってば。それまで、うちの神様にも目を瞑《つむ》っていてもらおうよ。それに、ちょっとでも神社が活気づくのは悪いことじゃないでしょ？」

「敬う気持ちのない輩が何人集まろうと、境内の気が乱れるだけだ。ご近所の方だって、困惑しているんだぞ。とにかく、おまえたちが何を言おうと兄さんは禁止する。いいな？」

「横暴！」

「石頭！」

「外泊したくせに！」

「めくるめく夜を過ごしたくせに！」

「ちょっと待ちなさい！」

ドサクサ紛れになんてこと言うんだ、と葵はたちまち狼狽《ろうばい》する。どこまで実情を把握して言っているのか知らないが、満更全《まんざら》てがデタラメでもないだけに始末が悪かった。そんな兄の反応に手応えありと見たのか、双子は更に追い打ちをかけてくる。

「ハンサム刑事だったら、絶対に味方してくれるもんね」

「葵兄さんより、話がわかるもんな」

「警視庁の刑事さんが公認してるんだから、僕たち悪いことやってないよね」

「そうだよ、陽。おまえ、今いいこと言いました！」

「……おまえたち」

調子に乗って繰り広げられる会話に、葵の怒りはとうとう頂点に達した。眼鏡の奥で瞳が険しく光り、さすがの彼らも気圧《けお》されておとなしくなる。まずったかも、と互いに目配せしている双子に向かい、葵は問答無用の迫力で言い切った。

「巫女姿をやめるまで、兄さんはおまえたちと縁を切る！」

――と、いうわけだから。

部屋にやってくるなり弟たちとのやり取りを説明し、葵は怒りの再燃した声で言った。

「約束をしたのに申し訳ないが、今夜は泊まれなくなった」

「マジかよ……」

「マジだ。すまない、麻績。埋め合わせは必ずする。だけど、昼間に弟たちからあんなことを言われて、さすがに二日続けて外泊するわけにはいかない」

「まぁなぁ……」

葵の言い分も理解はできるので、冬真は落胆して溜め息をつく。本日発生した強盗殺人事件はやはり捜査本部を作る方向で動いており、早ければ明日にも出向くことになっていた。そうなると、葵と過ごす時間は壊滅的に取れなくなるので、その分も今夜の逢瀬を楽しみにしていたのだ。

「ごめん、麻績。そんなに……その、ガッカリしたのか？」

「そりゃそうだよ」

リビングのソファに座る葵へ、冬真は隣から押し倒さんばかりに迫る。

「葵が来たら、昨晩できなかったあんなことやこんなことも、しようかと考えてたのに」

「あ、あんなことやこんなこと？」

「そう。二日続けて泊まりに来るなんて初めてだったからさ」

「……いいぞ」

「へ？」

冬真に両手を握られたまま、妙に真面目な顔つきで葵が見返してきた。眼鏡越しの眼差《まなざ》しは真剣で、てっきり「ふざけるな」と怒られるかと思った冬真は面食らう。

「あの、葵……？」

「麻績がしたいなら、俺はいいぞ。何がしたいのかわからないが、付き合ってやる」

「え、いや、俺が言ってるのはエッチな意味でだな……」

「それくらいわかってる。ていうか、おまえエリートの刑事のくせに真顔でよくそんなセリフが言えるな。ちょっとイメージダウンだぞ」

「あのなぁ」

えらい言われようだったが、お陰で少し心が軽くなった。冬真は苦笑し、額を相手の額に軽く当てて、上目遣いに彼を見る。

「葵、時々すごい大胆だよな」

「おまえは、時々変に臆病になるな」

「しょうがないだろ、好きなんだから」

「そうか。珍しく、意見が一致したな」

自分から冬真の頬《ほお》に右手を添え、葵はふわりと笑ってみせた。

「俺も、おまえが好きなんだ」

「葵……」

その一言がきっかけで、互いの胸で鼓動が同じ速度になる。

冬真はそのまま静かに葵へ口づけると、柔らかな唇を丁寧に吸った。湿った吐息が流れ込み、徐々に熱を帯びていく。ためらいがちに絡めた舌が、愛撫《あいぶ》の激しさを増していくのに時間はかからなかった。

「んん……っ」

寝室へ場所を移し、服を脱ぐ間も惜しんでキスをくり返す。組み敷いた葵の身体は火照《ほて》るように熱く、その体温だけで冬真の理性は蕩《とろ》けていった。

鎖骨へ口づけ、肌をじっくり味わいながら、そろそろと右手を下半身へ伸ばしてみる。普段なら羞恥《しゅうち》から軽く抵抗するのに、今夜の葵は自らの言葉通り、むしろ積極的に服を脱がせる行為に協力してくれた。

「いいのか……？」

自分も服を脱ぎ捨てた冬真が改めて身体を重ねると、控えめに葵が問いかける。

「これじゃ、いつもとあまり変化ないぞ。やりたいことがあるんだろう？」

「今は、これでいい。葵が、進んで俺を受け入れてくれる。それだけで満足だ」

「おまえ……」

「ん？」

「案外、安上がりな男だな」

皮肉ではなく、本心から感心している声だ。冬真は思わず噴き出してしまい、天然発言の自覚がない葵は「なんなんだ」とムッと睨《にら》み返してきた。

「まぁまぁ、そんな怒るなって」

最後に彼の眼鏡をそっと外し、傍らのサイドテーブルへ置く。葵は不意にボヤけた視界に戸惑っているのか、何度かぱちぱちと瞬きをした。

ああ、好きだな——そう、冬真は心の中で呟く。

惚れた欲目かもしれないが、葵の見せるどんな仕草や表情にも胸がときめき、身体は幸福感で満たされるのだ。中学生のような、と自他ともに揶揄《やゆ》される恋だが、この年になってもう一度こんな気持ちで誰かを愛せるなんて思わなかった。

「好きだよ、葵」

淡く唇を重ね、擦れ合う肌に煽《あお》られながら冬真はささやく。

葵の両手が背中へ回され、返事の代わりにきつく抱き締め返してきた。

「こら……痛い」

嬉しくなって腕に力を込めると、肩越しに眉をひそめているであろう声が聞こえてくる。そう文句をつけながらも、葵の腕は離れることはなく、少しの隙間もなく肌が密着した。

欲望に満ちた互いの分身が、重なって熱が混ざり合う。ドクン、と脈打つ感覚に、冬真は思わず吐息を漏らした。葵の身体が深くマットに沈み、誘うように背中へ指を走らせる。こそばゆさの後から痛いほど熱く軌跡が燃え、一刻も早く繋《つな》がりたいと急《せ》いてきた。

「葵、好きだ」

「ああ」

消え入りそうな囁《ささや》きに、葵が微笑んで頷き返す。

だが、いくら言葉を駆使しても、まだ半分も届けていない気がした。もどかしさに冬真は喘《あえ》ぎ、甘く濡《ぬ》れ始めた身体へ口づける。固く浮き出た乳首を食《は》み、尖《とが》らせた舌先でちろりと刺激すると、すぐに葵は声を漏らし始めた。

「ふ……んう……っ」

懸命に押し殺している様が、一層愛しさを募らせる。舌の動きに身悶《みもだ》え、溢《あふ》れる声音に羞恥を滲《にじ》ませながら、それでも精一杯受け止めようとする葵がいじらしかった。

「葵……葵……」

「あっ……く……」

「好きだよ、おまえの声」

「うる……さ……ぁ……」

胸をねぶりながら、勃《た》ち上がった下半身を手のひらで包み込む。そのまま少し力を加えた途端、息を呑む気配が伝わってきた。同時に先端からじわりと蜜が溢れ、冬真はひどく嬉しくなる。初めての時はまだ緊張が抜けなかったが、いつの間にか葵の身体はこちらの愛撫に素直な反応を見せるようになっていた。

「何、ニヤけてる……」

乱れる呼吸の下で、早速腐抜けた顔を見咎められる。冬真は答える代わりに瞼《まぶた》にキスを贈り、恥ずかしさのあまり怒り顔になっている葵へ「愛してる」と呟いた。

入り口を丁寧にほぐしていくと、彼の呼吸に啜《すす》り泣くような音が混じり出す。指を増やしながらゆっくり出し入れするたびに、葵の体温は上がり、その声音は艶を帯びてきた。

「んん……っ……」

時折、敏感な場所へ触れると、ぶるっと全身に震えが走る。腰を浮かし、張り詰めた分身を無防備に弄《いじ》られながら、前と後ろから与えられる快感に葵の唇は閉じるのを忘れた。

「ふぁ……ああ……ぅ……」

「きついか？」

「ん……大……丈夫……」

微熱に浸った肌を持て余すように、葵は切れ切れに返事をする。だが、強情を張れるのもそこまでだった。充分に準備を終えた冬真が自身の先端をあてがった瞬間、彼は「あ……」と小さく声を漏らす。構わず力強く推し進めると、甘い衝撃に背中が大きく反った。

「ああっ」

「ん……——」

反射的にきつく締め付けられ、冬真もつられて溜め息を零す。葵の中は温かく、何より深い安堵《あんど》を与えてくれた。繋がった場所が痺《しび》れるように疼《うず》き、激しい脈が響いてくる。包み込まれるような感覚の中で、より大きな波を求めて冬真はゆっくりと動き出した。

「う……く……」

荒く息を乱しながら、葵の身体も揺れ始める。

桜色に染まる肌が擦れ合い、のけ反る喉元が艶めかしかった。

「ああ……あぁ……っ」

突き上げられ、掻き回される刺激に、葵の身体はしどけなく解《ほど》かれていく。その肢体を見下ろし、淫《みだ》らに喘ぐ唇へ口づけ、冬真は少しずつ侵入を深めていった。

「お……み……」

「葵……」

「んんっ……く……」

くり返される自分の名前に、彼の名前を重ねていく。情熱に煽られた分身は僅かな感触にも蜜を零し、互いが唯一の相手であると啼《な》いているようだった。

葵が両腕を伸ばし、朦朧《もうろう》とした瞳で抱きついてくる。汗の滲んだ肌は常よりぴったりと吸

いつき、あまりの心地好《よ》さに冬真は笑みを浮かべた。

「愛してるよ、葵」

律動を速める前にそう囁き、優しく舌を絡め合う。葵が夢中でキスを貪《むさぼ》っている間に、冬真は最奥までいっきに貫いた。

「んう……っ」

唇を塞《ふさ》がれたまま、葵は強烈な快楽に落とされる。激しく揺さぶられ、燃え上がる欲望がマグマのように溶け出すのを、彼を犯しながら冬真も感じていた。

「ああ……はぁ……ああああ……」

「ん……っ……」

「おみ……お……み……ッ」

「葵……葵……」

息が上がり、鼓動が破裂しそうになる。

駆け巡る情熱が二人を絶頂へ導き、淫靡《いんび》な水音が擦れる場所から生まれては消えた。相手を呼び合う声が次第に意味を為さなくなり、葵が一際深く冬真を受け入れる。

「ああ――ッ」

次の瞬間、彼の欲望が高みで弾《はじ》けた。続けて冬真も己を放ち、葵の上にゆっくりと覆い被さる。胸を叩く鼓動は、どちらのものかもわからないほど綺麗に一つの音になっていた。

「あ……あ……」

深々と吐息をつき、葵がぐったりと全身から力を抜く。霞《かす》みがかかったような眼差しは、こんな時でもなければまず目にする機会はないだろう。

冬真は微笑み、汗の浮かんだ彼のこめかみへそっと唇を寄せる。葵の右手が頬にかかり、彼は優しく自分の方へ向かせると、静かに唇を重ねてきた。

「葵……」

「いつも、この瞬間が一番照れ臭いな」

掠《かす》れた声で呟かれ、気《け》だるげな微笑に撃ち抜かれる。

冬真は改めて口づけを返すと、火照りの消えない身体を大切に引き寄せた。


軽いまどろみから目を覚まし、葵が慌てて起き上がる。時刻は十時近くになっており、早めに帰宅するつもりだった彼は「しまった」と眼鏡を手に取った。

「ちぇっ、やっぱり帰るのか」

「麻績、起きてたんならなんで声をかけてくれなかったんだ。これじゃ、外泊とあまり変わらないじゃないか。ああ、もう。弟たちにどんな顔をすれば……」

「――これ」

急いで身支度を整える葵へ、先に服を着ていた冬真が自分の携帯を差し出す。意味がわからず見返す彼へ、「その弟くんたちからメールが来てた」と答えて文面を液晶に表示した。

件名は『ハンサム刑事、助けて！』となっており、先ほど葵から聞いた巫女姿厳禁の命を受けて困っている、と書いてある。ざっと目を通した葵が、やれやれと溜め息を漏らし、無愛想に携帯を突っ返してきた。

「このメールが、どうかしたのか？」

「どうかしたのかって、あいつら本気でショック受けてるぞ。葵、兄弟の縁を切る、なんて本当に言ったのか？　たかが、巫女の格好くらいで？」

「おまえ、弟たちの味方をする気じゃないだろうな？　第一、たかがってなんだ！」

「〝たかが〟だろ。あいつらの巫女姿、参拝客にも喜ばれてるんだし。それなのに、無理にやめさせることないじゃないか。どうせ、年齢的にもあと一年くらいが限度なんだから」

「それまでに、何かあってからじゃ遅いんだ！」

「おいおい……」

何かってなんだよ、と言い返してやろうと思ったが、あまりに思い詰めた顔をしているので、うっかり軽口を叩けなくなる。だが、弟たちがＳＯＳを寄こした事実が余程気に入らなかったのか、葵の怒りの矛先は自然と冬真へ向けられた。

「すっかり忘れていたけど、おまえは弟たちのメル友だったんだよな」

「え、まぁ、そう……かな」

「俺に関する情報をあいつらからアレコレ聞き出して、代わりにこういう時は味方になってやるって約束か。でも、俺はそう簡単に懐柔されたりしないぞ。あまり見くびるな！」

「いや、誰も見くびってなんかないだろ。なんで、そうなるんだよ。俺はただ」

「うるさい！　おまえだって妹がいるんだから、心配する気持ちくらいわかるだろうっ。お遊びの延長でやってただけなのに変な風に煽《おだ》てられて、あの子たちに悪影響がないって断言できるのか？　大体、巫女なんて祭事以外でうちには必要ないんだ！」

強い口調で言い切られ、さすがに冬真も黙っていられなくなる。陽と木陰がどれだけ葵を心配しているか、嫌というほどよく知っているからだ。巫女だってもともとは一度きりの遊びだったのを、犯罪に巻き込まれて以来塞ぎがちだった葵の気を引き立てようとして、彼らなりに頑張った結果なのだから。

「そういう言い方は、いくらなんでも可哀想《かわいそう》じゃないか？」

「なんだと……？」

少々きつい口調で咎めると、葵がすぐさま噛《か》みついてきた。

「麻績、おまえあの子たちと取り引きしたんだろう。そうやって身近な大人が甘やかすから、俺の言うことを聞かなくなるんだ。言え、俺を説得する見返りはなんなんだ？」

「葵、いい加減にしろ。別に、俺は何も取り引きなんかしてない」

「嘘だっ。おまえたちは、いつもそうやって俺を肴《さかな》にして何かしら企《たくら》んで……」

「あの子たちは、おまえが考えているより大人だ。自分の立場は弁《わきま》えてるし、見知らぬ人間からチヤホヤされたからってスポイルなんか絶対にされない。もっと、自分の弟たちを信じてやれよ」

「うるさいうるさいっ」

珍しく大声を出し、葵はそのままベッドから立ち上がる。禰宜姿の時には、絶対に見られない取り乱しようだった。もとから頑固で融通の利かない面はあるが、感情的に怒鳴ったり相手の意見を無視したりする性格ではないため、冬真は少なからず面食らう。陽と木陰の巫女姿について、彼がそんなに気に病んでいたとは思わなかった。

「葵、おい……」

「帰る。邪魔したな」

「ちょっと待てよ。なんだよ、後味悪いじゃないか」

「これ以上ここにいたって、喧嘩《けんか》になるだけだ。俺も、少し頭を冷やさないと」

「葵……」

引き止める冬真を振り払い、素っ気なく背中が向けられる。こうなると、何をどう言っても取り成しはきかなさそうだった。

（まいったな……）

出ていく葵を無言で見送り、閉じられたドアに嘆息する。取り引きしているつもりはなかったが、確かに双子たちが自分と葵の恋路を応援し、時に弟ならではの観点からアドバイスをくれているのは事実だ。かりそめとはいえ巫女さんの言うことに間違いはなく、これまでにも大いに励ましや口説《くど》く勇気も貰った。だが、もしかしたら葵はそれを快く思っていなかったのかもしれない。

（とりあえず、あいつらに返信しとかないとな）

仲を取り持つどころか、火に油を注ぐ結果となってしまった。今夜の葵にはどんな言葉も届かないだろうし、触らぬ神に祟《たた》りなし、の方が無難だろう。

（いや……〝触らぬ禰宜に祟りなし〟か）

かつて「神様は怖いんだよ」と双子に説教をされたが、怒った禰宜だって充分に怖い。

冬真はもう一度溜め息を漏らし、彼らへメールを打ち始めた。

2

葵と気まずく別れた翌日。

冬真や矢吹を含む数名の刑事は事件の指揮を取る葩島に選ばれて、松山町の強盗殺人捜査本部へ加わることとなった。

「怨恨《えんこん》と行きずり、現段階ではどちらの線も捨ててはおりません。皆さんも、そのつもりでどんな情報も上へ報告していくように」

所轄の署長や刑事部長の挨拶の後、事件の概要が改めてスクリーンを使って説明される。

「被害者は三十七歳の独身男性、名前は神田芳樹《かんだよしき》。一戸建てに一人暮らしです。両親はすでに他界しており、その保険金と遺産で働かずに家に引きこもっていた模様」

進行役の刑事が、スクリーンに映し出された被害者の顔や現場写真を指しながら、努めて事務的に情報を読みあげていった。

「事件は、九月三十日の午前八時から九時の間。遺体の発見者は、隣人の老夫婦。被害者の両親と付き合いがあったので、何かの折には気にかけていたようです。その日は朝から派手な物音、争うような声が聞こえたため不審に思って出向いたところ、玄関のドアが開けっ放しになっており、異変に気がついたと言っています」

「屋敷内は一階が荒らされており、金品を物色した形跡が見られました。しかし、被害者以外に状況を確認できる人間がいないので、何を盗《と》られたかはまだ完全には判明しておりません。ちなみに、銀行の口座には七百万ほど預金されていましたが、現金が引き出された様子は現在のところありません」

「死因は、胸と喉《のど》を数ヵ所刺されたことによる失血死。初めの一撃は胸でしたが、被害者は激しく抵抗した模様です。それによって出血がひどくなり、結果的に死期を早めました。凶器は刃渡り二十センチほどのナイフか包丁。特に目立つ特徴はありません」

「目撃者はなし。発見者の老夫婦も争う声は聞いたものの、男性であるという以外に手掛かりになるような証言は得られていません。ただ、鑑識によると犯人は返り血を浴びているはずなので、それを隠すために逃亡の際に被害者の衣類を着た可能性はあります」

初動捜査で得た情報を、後を継いだ所轄の刑事たちが次々と報告していく。だが、早々に捜査本部が設けられたのが頷けるような、全てにおいて「ないない尽くし」の事件だった。

手元に配られた資料のコピーをめくりながら、冬真は早くもウンザリした気分になる。

「これ……やっぱり長引きそうですね」

「バカやろ。おまえ、言霊《ことだま》ってのがあんだろが。初《しょ》っ端《ぱな》から、不吉なこと言うなっ」

隣に座った矢吹が小声で窘《たしな》め、しかし同じく浮かない声を出した。

「事件発生から、まだ二日だ。これから、いくらでも挽回《ばんかい》できる……多分」

「多分ってなんですか、多分って。蓜島さんは他の捜査本部とかけもちだから、こっちは俺たちに押し付けるつもりですよ。そんな覇気のないことでどうするんですか」

「お？　珍しく熱血刑事みたいな口きいてんな。麻績、おまえ、もしかして……」

「な、なんですか」

ニヤリ、と意味ありげに唇の右端を上げ、矢吹は本心を窺《うかが》うようにねめつける。

「あの禰宜さんと、揉めたんだろ。どうだよ、図星か？」

「なんで、それをっ」

「今回、やたらとやる気になってんじゃねぇか。早いとこ事件を解決して、禰宜さんの機嫌を取りに行きたいからだろが。だがな、現実はそう甘くないぞ。目撃者でも出りゃ別だが、こいつは手こずるな。一ヶ月はまともに帰れねぇから、せいぜい覚悟しとけよ」

「そんな……言霊は……」

「ん？　なんか言ったか？」

「……いえ、なんでも」

「お？　噂をすれば、俺たちゃ目撃者探しか」

刑事部長から捜査の分担が割り振られると、矢吹はさっさと仕事の顔になってしまった。

通常は所轄と本庁の刑事でコンビを組まされるのだが、冬真は研修中なのでここでも矢吹が相方となる。上層部では秋に二課へ異動という話も出ていたらしいが、この調子だと年内は一課で過ごせそうだった。キャリアとはいえ冬真は出世に興味があるわけではなく、一足飛びに刑事になりたかっただけなので、かねてより葩島へはその旨を伝えてある。幸い葩島は冬真を手駒に持ちたがっており、長く手元へ留めてくれているようだった。

「よし！　それじゃ解散！」

捜査会議がお開きになり、皆が慌ただしく部屋から飛び出していく。冬真も矢吹に背中を叩かれ、浮かない気持ちで席を立った。

（この調子じゃ、本当に葵と会えるのはいつになるかわかんないな）

もともと、葵はあまり頻繁にメールをしてこない。冬真が送れば短い返信はくれるが、用事があるなら会いに来るか電話で話せ、というタイプだ。刑事が激務ということを知ってからは迂闊《うかつ》に「会いに来い」とは言わなくなったが、メールの回数は一向に増えなかった。

（あんな別れ方したのに、素っ気ないメールがきたら切ないよなぁ）

けれど、きっと葵の返事は十文字くらいで終了だ。そんなのを見たら、もっと気持ちがへこみそうだった。

「麻績、いつまでもシケた面してんじゃねぇぞ。さっさと、切り替えろ」

「はい！　すみません！」

無遠慮に後頭部を矢吹にはたかれ、さすがに反省する。とりあえず今は仕事に専念して、仲直りについては後でゆっくり考えよう。

（陽と木陰のことも、気になるけどな。あいつら、ちゃんと葵の怒りを解いたかな）

いつもと違い、今度は葵も容易《たやす》く丸めこまれてはくれないようだ。しかし、頭ごなしの命令を聞くほど双子も素直ではないし、何より彼らは巫女になることを楽しんでいる。

あっちはあっちで長引きそうだよな、と嘆息し、冬真はしばし雑念を頭から振り払った。


木陰と陽は部活動はしておらず、毎日学校から真っ直ぐ帰ってくる。以前まではそれから遊びに行ったり宿題をしたり、忙しい時は神社の手伝いをしたりしていたのだが、ここ最近はまず巫女姿に着替えて社務所へ行くのがパターンとなっていた。社務所ではお札やお守りなどを扱っているので、物見遊山《ものみゆさん》の参拝客が増えたのを幸い、張り切って彼らへ売りまくっているのだ。

「陽、葵兄さんはどうしてる？」

「どうもこうも。僕がカツラを被って〝葵兄さま〟って言った途端、こうだよ、こう！」

先に支度を終えて待っていた木陰に様子を訊かれ、陽は葵の仏頂面を真似て思い切り眉間に皺を寄せる。取りつく島のないしかめ面は双子にとって見慣れた表情ではあるが、その対象が自分たちとなればさすがに話は別だった。

「まいったなぁ〜。明日もこんな調子かな」

「あの感じだと、僕ら目当ての参拝客には片端から嫌みを言いかねないと思うな」

「うわ、そんなことしたらイメージダウンじゃん！　僕らが広報を務めた意味ないよ！」

二人は鏡のような互いを見つめ合って、「はぁ……」と溜め息をつく。

頼みの綱だった冬真も説得に失敗したらしく、昨晩きた返信は「とにかく、今は葵を刺激するな」という内容だった。おまけに、夜遅くに帰宅した葵はひどく不機嫌で、どうやら自分たちが原因で二人は喧嘩までしてしまったらしい。思いがけず事が大きくなり、陽も木陰も半ば途方に暮れているのだった。

「でもさ、葵兄さんがあんなに本気で反対するなんて思わなかったよ。なぁ、陽？」

「前から感心しないって顔はしてたけど、特にやめろとは言わなかったのにな、木陰？」

社務所の奥は狭い板間になっていて、参拝客には見えない位置にお札や絵馬、破魔矢《はまや》などの在庫が段ボールで置いてある（販売前に神前へ供え、父の宮司が祈禱《きとう》をするのだ）。その陰にぺたりと座り込み、双子はヒソヒソと相談を続けた。

ブログで紹介されてから十日近くになるので、さすがに訪れる人数は減ってきたが、週末になれば多少は盛り返す。だから、できれば次の休みまでにはなんとか事態を丸く収めたい、というのが二人の希望だった。

「あ〜あ。ハンサム刑事、巻き添えにして怒ってるかなぁ」

「どうだろね。あの人、葵兄さんにメロメロだもんな」

「でも、実際のところ堪《こた》えてるのは葵兄さんの方だったりして」

「そうかも。さっきも、僕の前ではおっかない顔してたけど、ちょっと振り返った時には憂《ゆう》鬱《うつ》そうに背中を丸めてたもん。箒に、寄り掛かったりしてさ」

「背中を丸めてる葵兄さんかぁ。それって、ずいぶんレアだよな！」

「写メ、ハンサム刑事に高く売れるかもね！」

ははは、と力無く笑い合い、どちらからともなくボソリと呟く。

「……不調」

やはり、葵と気まずい状態では何を言っても面白くないし盛り上がらなかった。自分たちの軽口に呆れ、説教する兄の存在あってこそ、ふざけたセリフも生きてくる。木陰と陽は、かつて冬真から「質《たち》が悪い」と言われたもう一つの顔——葵に見せているより大人びた表情になると、「冗談はさておき」と真面目な声を出した。

「どうする？　いっそ、この機会にやめちゃおうか？」

「やめるって、巫女を？　木陰、本気？」

「だって、しょうがないだろ。葵兄さん、兄弟の縁を切るとか言ってんだぞ」

「うーん……まぁねぇ……」

「まさか本気で切りやしないだろうけど、ああ言った手前、葵兄さんから折れるのは難しいだろうし。それまで、きっとなんだかんだ気を揉んで凄いストレスを抱えちゃうよ」

「それ、目に浮かぶよな。葵兄さん、ほんっと何でも背負《しょ》い込むタイプだから」

そういう性格だからこそ、自分たちは兄を放っておけないのだ。犯罪に巻き込まれ、刺された後遺症で学生時代から続けてきた弓を止めざるを得なかった時も、その落ち込みようは傍で見ていても痛々しいほどだった。

「また、なまじ弱音とか吐かない人だから」

「平気そうに見せといて、中身がバレバレだったりね」

二人は再び顔を見合わせ、今度はくすりと小さく笑う。

年は一回り以上離れているが、双子にとって葵は尊敬すべき兄であると同時に、守ってやりたいと思う相手なのだった。

だが、だからといって彼が頼りない男というわけではない。最高学府を卒業し、一時は弁護士を目指していたほど優秀な頭脳の持ち主だし、地味な眼鏡と堅物な雰囲気で損はしているが顔立ちだってなかなかの美形だ。けれど、融通の利かない性格故に生きることに不器用で、つまらない躓《つまず》きに本気で悩んだりする要領の悪さは否めなかった。巫女姿の件も心配のし過ぎだと思うのだが、なまじ自分が被害者の立場になっているだけに、少しの懸念も見過ごしてはおけないのだろう。

「あ〜あ。せっかく、うちの神社も聖地化してきたと思ったのになぁ」

「それ、〝双子萌え〟とか〝巫女萌え〟とかの聖地だろ。葵兄さんが喜ぶわけないって」

「ま、それもそうだよね。じゃあ、残念だけど……」

そこまで話した時、窓口の方で「すみませーん」と声がした。来た来た、と木陰が陽へ目配せをし、陽はカツラの髪を整えて「ん」と頷く。今日のところはとりあえず巫女姿で応対し、夜にでも改めて葵と話し合えばいい。そう決めて奥から顔を出した二人は、視界に飛び込んできた光景に思わず「え……」と絶句してしまった。

「おー、ホントに可愛い！」

「さすが双子！　同じ顔だ！」

「いや、こういう場合は片方がツインテールなのが常識かと」

「君、どこのアニメですか、それは（笑）」

出てくるなりいっきにまくしたてられ、二人の笑顔が凍りつく。

「木陰……」

「陽……」

無意識に互いの手を握りしめ、これは一体何事なのかと後ずさった。

どこの神社も同じだが、社務所は大きく開け放たれた窓越しに注文を受け、品物やおみくじを手渡す造りになっている。今、そこに大学生くらいの男性の集団が詰めかけていた。皆、秋葉原辺りへ出没していそうな外見や服装で、興奮気味に早口で何やら言い合っている。

「ど……どういうことだよ、これ。今日は平日なのに……」

「陽、この人たち、ざっと二、三十人はいるよ」

「しかも、全員知り合いみたい……だよね？」

「なんかのサークルとか？　かな？」

怖いもの知らずの双子も、彼らが発する異様な熱気にはさすがに引かざるを得なかった。

そうこうしている間にも写メが遠慮なく撮られ、動画が録画され、ベストショットに歓声があがる。ブログへ掲載されて以降、画像に関してはネットにあげない、という約束で撮影に応じていたので、なんの断りもなく撮られるとやはり気分が悪い。

「あの！」

たまりかねた陽が、木陰の制止を振り切って声を張り上げた。

「何もお求めにならないなら、申し訳ありませんが場所を移動してください！　それと、写真を勝手に撮らないでください！」

「おお〜、美少女に怒られた〜」

「思ったより低めの声だな。ギャップ萌えだ」

「片方が勝ち気で、片方は内気か。いいバランスじゃないか」

「あのね！」

意に介さずマイペースを貫く連中に、とうとう木陰も腹をたてる。

「別に、僕は内気じゃないし！　それと、携帯やビデオは引っ込めて！」

「ボク……？」

うっかり口走った素の言葉に、ざわ、とその場に動揺が広がる。しまった、と思った木陰は慌てて取り繕おうとしたが、それより一瞬早く誰かの感嘆するような声が耳に入った。

「ボクか！　ありだな！」

「ありだ！」

「巫女さんで美少女でボク！　完璧だぞ、おい！」

おおおお、と男たちの間にうねりが起こり、木陰も陽も唖然《あぜん》とするのみだ。まったく話の通じない彼らは、口々に勝手なことを言いながら尚も怯《おび》える二人を撮影しようとする。その迫力たるやゾンビ映画だったら、間違いなく窓を乗り越えて侵入してくる感じだ。

ところが。

「……あ、あれ？」

一瞬、最悪の展開を予測して身を固くした双子たちだったが、何故《なぜ》だか一線だけは誰も破ろうとはしなかった。察するところ、グラビアのアイドルやモニター上のキャラクターを観るのと同じ感覚で生身にはあまり興味がないのかもしれない。この隙に、と木陰と陽は手を取り合い、社務所の奥へ逃げ込もうとした。

その瞬間、凛《りん》とよく通った厳しい声音が響き渡る。

「何をやっているんですか、貴方《あなた》たちは！」

「葵兄さま！」

天の助けとばかりに顔を上げた先で、葵がこちらへ一直線に駆けてくるのが見えた。彼は祭事へ出かけた父のお伴をしていたはずだったが、どうやら先に帰ってきたようだ。頼もしい兄の登場に双子たちは心から安堵したが、猛然と男たちの山をかき分けてくる様子がはっきりするにつれ「……やばい」と後方へたじろいだ。

「陽……逃げよう」

「うん……木陰」

未《いま》だかつてないほど怒りを露《あら》わにし、葵は氷点下の眼差しで走ってくる。熱に浮かされたように騒いでいた連中が、尋常ならざる憤《ふん》怒《ぬ》のオーラに怖《おそ》れをなし、そのままシンとおとなしくなった。さながらモーゼの如《ごと》く開かれた道の前で立ち止まり、葵は今度はゆっくりと無言で進み始める。午後の陽光に眼鏡が照り返し、木陰と陽は恐怖に竦《すく》みあがった。

「木陰、陽。これは、どういうことだ？」

「あ、あのね、葵兄さま、その……」

「その？」

「つまり……ごめんなさいっ！」

「あ。こらっ！」

言うが早いか二人は回れ右をし、脱兎《だっと》の如く逃げ出した。もはや、巫女萌え軍団より実の兄の方が数十倍恐怖だ。捕まったら、どんなお仕置きを受けるかわからない。背後で「待ちなさいっ！」と声が聞こえたが、双子たちはしっかりと手を繋いだまま無我夢中で社務所を飛び出し、境内の裏手へと走りぬけた。

「こ、木陰……ちょっと待って。僕、もう走れないよ……っ」

「ばっか、陽。もう少し頑張れっ。捕まったら、絶対殺されるぞ！」

「殺され……」

「あれは、葵兄さんじゃない。陽も見ただろ、あれは鬼だ！」

「……そうかも。目が光ってたもんね」

ぜぇぜぇと息を切らしながら、二人は弓道場の脇《わき》を通って鎮守の杜《もり》へ入っていく。高清水神社は住宅街の真ん中に位置するので敷地はそう広くはないが、本殿と神楽《かぐら》殿、宮司一家の自宅を囲むようにして昔ながらの小さな杜があった。

「こ、ここまで来れば大丈夫だよね」

「多分。隠れるところ、たくさんあるし」

そうは言っても常緑樹の隙間から、路地が見通せないわけではない。だが、あえて足場の悪い木々の茂みに分け入って来る者はそういなかったし、葵も巫女萌え軍団を追い払っている真っ最中だろうから、深追いはしてこないはずだ。

「はぁ～……」

額に浮かんだ汗を拭《ぬぐ》って、陽がやれやれとしゃがみ込む。普段着ならともかく、巫女の衣装のまま走ったので余計に疲れたようだ。木陰も倣《なら》って休もうとしたが、微かな足音を耳にしてびくっと全身に緊張が走った。

「何、木陰。どうし……」

「しっ」

反射的に唇に人差し指を当て、黙るように指示をする。どうやら陽も異変に気づいたらしく、強張った表情のまま黙って頷いた。

足音は大人のものらしく、ゆっくりと慎重な様子で近づいてくる。遠目に見えたのは三十半ばくらいの男性で、体格はひょろりと細くて小柄だが、半袖から覗く腕は意外にも筋肉質で浅黒く引き締まっており、両手に嵌《は》めた白い軍手が妙に似合っていた。

「なんか、やたら周りを気にしてない？　キョロキョロして挙動不審だね」

「陽、そのまま座ってろよ」

座っていた陽は上手く相手の視界から外れていたが、立っていた木陰は念のためにそっと木の蔭《かげ》へ身を潜める。本能的に、見咎められてはまずいと頭に警鐘が鳴っていた。

「ねぇ、木陰、あの人、何してるんだろ」

「わかんないよ。あの右手に抱えてるもの、何かな。紙袋……みたいだけど」

できるだけ声を落として、二人はひっそりと会話する。男との距離は二十メートルほど離れていたが、近所の人が時々近道のために杜を突っ切ろうとするのとは逆に、どういうわけか彼は途中で立ち止まってしまった。

「あ、なんか出した」

陽が、小さく身を乗り出した。

双子に見られているとも知らず、男は抱えていた手提げの紙袋から灰色の服をそろそろと取り出す。ジャンパーと思《おぼ》しきその服には、妙な模様がまだらに付いていた。男はしばらく苦々しげな目つきでそれを眺め、やがて乱暴に紙袋へ戻す。そうして、再び周囲を見回した後、おもむろに手近な樹の根本に紙袋を置いて立ち去ろうとした。

「木陰、あれ不法投棄だよ！」

ヒソヒソと陽が声をかけ、木陰は息を呑んで頷く。今まで、たとえば仔猫《こねこ》とか育て切れなくなった植物とかを捨てていく罰当たりな輩はいたが、さすがに神域だけあってゴミを置いていくような者はいなかった。それなのに、男はまるで人目につかない場所をわざわざ選んだかのようにそそくさと去っていく。紙袋程度のゴミなら近所のゴミ収集所とか、いくらでも他に捨てるところはありそうなのにどうも様子が変だ。

「行っちゃったね……」

「陽、ちょっと中を確かめよう。変な物だったら困るし」

「え～、先に葵兄さんへ報告した方が良くない？」

「おまえ、さっきの葵兄さんに話しかける勇気、あるのかよ」

「う……」

言われてみれば、と陽も納得し、二人は慎重に紙袋へ近寄ってみる。それは、一見なんの変哲もない百円ショップなどで売っている代物だった。まだ新しいところを見ると、先刻の服を捨てるために購入したのかもしれない。

「あれ？　木陰、なんか底の方に服以外の物が入ってる」

「え？」

先に手を伸ばした陽が、ひょいと紙袋を持ちあげて不審な顔をした。人差し指で紙袋の底をつんつんと突《つっ》き、彼は木陰を振り返る。

「中、見る？　ちょっと、気味が悪いけど」

「うん。だって気になるじゃん。さっきの服だって、あの人が着てたにしては変な柄だったしさ。赤のまだらって、そういうパンクなキャラじゃなくない？」

「確かに、白のランニングとか着そうだったもんな。よし、見てみよ……」

「おまえら、何してやがるッ！」

突然、怒声を浴びせられ、二人はサッと顔色を変えた。てっきりいなくなったと思ったのに、意外にも先ほどの男が戻ってきたのだ。

「そいつを返せっ！　触るんじゃない！」

「いけねっ」

鬼気迫る様子に怯《ひる》んだ陽が、うっかり紙袋を地面へ落とす。その弾みでジャンパーの袖が飛び出し、それを見た双子は揃って悲鳴を上げた。

「血だぁっ！」

まだらの模様だと思った赤い柄は、どう見ても飛び散った血痕だった。同時に、男が恐ろしい形相でこちらへ駆け出し、陽は咄嗟《とっさ》にジャンパーを紙袋へ押し込んで抱え込む。その手を木陰がきつく摑《つか》み、二人は一目散に走り始めた。

「てめぇら待て！　このガキどもがぁっ！」

男が口汚く罵《ののし》りながら、凄《すさ》まじい勢いで追いかけてくる。二人は来た道を必死で戻り、葵がいるはずの境内目指して夢中で走り続けた。

「な、なんなんだよ、あいつ。なんで、こんなもん……っ」

「しゃべるな、陽。息が切れる」

とにかく、杜さえ抜ければ一安心だ。幸いこのところブログのお陰で人出があるし、男も神社まで追ってはこないだろう。今日は逃げ回ってばかりだな、と思うと、走りながら木陰は可笑《おか》しくなってきた。

「余裕じゃん、木陰」

「しゃべるなってば、陽」

短く会話をしつつ、二人は弓道場の脇へ到着する。ここから本殿の裏を回れば、すぐ境内だ。試しに背後を振り返ってみたが、諦めたのか男の姿はどこにも見当たらなかった。

「やったね！」

声を揃えてハイタッチし、巫女姿にあるまじき潑剌《はつらつ》さではしゃぎ回る。早速葵へ報告しようと意気揚々と社務所へ向かった二人だったが、しかし待っていたのは先刻の騒動についての厳しい叱責《しっせき》だった。

「おまえたち！　逃げ出すなんて言語道断だぞ！」

「……ごめんなさい……」

「あいつらを追い出すのに、どれだけ大変だったと思ってるんだ！　話は通じないわ、勝手にあちこち撮りまくるわ、挙句の果てには俺にまで……」

「え？」

「み、巫女姿にはいつなるのか、と言われたんだぞ！　あいつらは、禰宜と巫女の区別もつかないのか！　あ、あの装束なら、なんでもいいのかっ？」

よほど怒り心頭に発していたらしく、ところどころがどもっている。生真面目で実直な葵にとって、これ以上の屈辱はなかったに違いない。双子たちも、よくそんな命知らずなセリフを兄に言えたものだと、ある意味感心してしまった。

「とにかく」

些《いささ》か興奮しすぎたと反省したのか、いくぶん落ち着きを取り戻して葵は言った。

「連中は、巫女がナントカとかいうアニメの同好会だそうだ。二度とおまえたちが目的の参拝はしないと約束させて帰らせた。もし来ても、絶対に相手をしないように」

「僕らの画像は……」

「携帯もビデオも、全部目の前で削除させた。当然だろう」

「うわ……全削除か。葵兄さん、やっぱり凄いや」

「次は、おまえたちの番だ。本殿へ来なさい。神様の前で、たっぷり反省してもらおう」

「………」

どうしよう、と紙袋を抱えた陽が目配せしてきたが、木陰は無言で首を横に振る。今の葵はまったく聞く耳を持ちそうになかったし、怒りを鎮めてもらうのが先決だろう。

言葉にしなくても、陽には全部通じたようだ。彼は急いで紙袋を社務所の隅へ隠すと、何食わぬ顔で戻ってきた。先を歩いていた葵が肩越しに振り返り、「早く来なさい」と二人を叱咤《しった》する。木陰は不安そうな陽の背中を軽く叩くと、「行こうよ」と元気づけた。

「あの紙袋はさ、葵兄さんの説教が済んだらハンサム刑事に相談しよう？」

「うん、そうだね。何か危険な匂いがするし、餅《もち》は餅屋っていうもんね」

「陽、おまえ渋い言葉知っててんじゃん」

「でもさ、餅屋に餅があるのは当たり前じゃないかなぁ」

「ていうか、餅屋ってどこにあるんだろな？」

少し前までの恐怖はすっかり薄らぎ、二人はいつもの調子で笑い合う。

双子たちは、この時はまだ想像すらしていなかった。

数時間後、自分たちが離れ離れになってしまうことを。


「……今日の収穫はゼロ、か。前途多難だなぁ」

捜査会議が終了し、解散となったのは午後の十時を回った頃だった。矢吹と一緒に警視庁へ戻った冬真は報告をまとめるためPCの前に座り、事件の概要を頭で整理してみる。

「目撃者なし、犯人の遺留品なし、凶器なし――。初動でここまで何も掴めないとなると、捜査の方向性が間違ってんですかね」

「麻績、そのセリフ、蓜島の野郎に直接言ってやれ。マニュアル通りに動いてちゃ、大事なことを見逃しますよってな。あいつ、とうとう一度も本部へ顔出さなかったじゃねぇか」

「蓜島さんは、K区の大きなヤマを任されてますしね。政治家絡みの殺人事件だし、上からの圧力も相当なんだと思いますよ。矢吹さん、なんでそんなに彼を目の敵《かたき》にするんですか」

「嫌いだからだよ」

「…………」

「なんだよ？　他に理由なんかねぇだろ？」

口数の多い矢吹にしては、実に簡潔な答えだ。しかし、そこで「どうして嫌いなのか」と踏み込んで尋ねるほど冬真も無神経ではない。苦笑だけ返すと、再びPCへ向き直った。

「俺のこと、将来そんな風に嫌わないでくださいね」

「ああ？」

「俺、多分出世しちゃうし。何年か後に矢吹さんの上司として一課へ戻ってきても、毛嫌いしないでくださいよ？　昔のよしみで、査定に下駄履かせてあげますから」

「おまえなぁ……」

その言い草が、もう嫌みなんだよ。そう言いたげな視線で睨まれ、今度は「あはは」と声を出して笑う。本当は、このままずっと矢吹とコンビを組み、現場で刑事を続けていきたいと思っているが、そんなこと今更口に出さなくても伝わっているに違いなかった。

「さて……と、報告書はこれでＯＫ。矢吹さん、これからどうします？　帰りますか？」

「帰ったって誰もいねぇけどなぁ」

「それは、俺も一緒ですよ」

容疑者の張り込みや出張が入れば嫌でも帰れなくなるが、「ないない尽くし」の現在はまだ動き様がない。怨恨の線を当たっている他班にも、めぼしい収穫はないようだ。

「確か、被害者の神田は引きこもりだったんですよね。一人暮らしで引きこもり、ということは、生活全般をネットに頼っていたわけで……」

「おうよ。容疑者のパソコンにゃ、あらゆるネットショップへの注文履歴が残ってた」

「本人の趣味も、オンラインゲームや動画観賞。だけど、生憎とオンで知り合った相手とオフ会で実際に会ったりはしていない……と」

「揉め事起こしたって話も、今んとこ出てないしな。第一、ネット上の知り合いは現実の住所を知らなかった奴らばっかだしなぁ。やっぱ、行きずりの物盗りって線かね」

「…………」

実は、とそこで更に話を続けようとした冬真は、さすがにためらって口を閉じる。目撃者を探して歩き回っていたので発見が遅れたが、夜に捜査本部へ戻って他班の話を聞いている時に、ふと気になる事実を発見したのだ。

矢吹との会話でも出たように、被害者の神田芳樹は終始ネット漬けの生活をしていた。そこで彼の使用していたPCを警察で押収し、メールやサイト閲覧の履歴を洗っていたところ冬真のよく知る人物の画像があったのだ。資料を捲《めく》っていてそれに気づき、本当は確認をしたくて本庁へ戻ってきたのだった。

(やっぱり、そうか……)

報告書をプリントアウトする間に、メモしたアドレスのサイトへアクセスする。現れた画面を下へスクロールしていった冬真は、十日ほど前の日付の記事で「これか」と呟いた。

『ツインズ巫女、発見！』

そんなタイトル記事の下には、お馴染《なじ》みの木陰と陽の笑顔がある。肩で揃えた漆黒のさらさら髪、清楚《せいそ》で可憐《かれん》な美少女ぶり。巫女姿の二人はそっくりな顔をカメラに向け、アイドルさながらの自然な表情で笑っていた。

（しかし、写真慣れしてるというか……あいつら、末恐ろしいな）

画像は全部で三枚あり、顔のアップ、全身、バストショットとまるで雑誌のグラビアを見ているようだ。人気ブログだとは聞いていたが、記事のあしらいがかなりこなれている印象を受ける。それによると、管理人が偶然立ち寄った神社で秋祭りをやっており、本殿で宮司や禰宜の手伝いとして立ち働いていた二人を見つけたのだと言う。写真はその時に交渉し、後日再訪して撮らせてもらったものらしい。

（神社の名前は伏せてるけど、N区のT神社、秋祭りの日付、これだけ手掛かりがあればすぐに場所は調べられるよな。実際、この記事以降に人が増えて葵はカリカリきてたんだし）

事件が起きたのも同じN区で、松山町は高清水神社のすぐ隣町だ。単なる偶然かもしれないが、なまじ知り合いなだけに少し気になった。

（しっかし、カウンター回ってんな。今日の来訪者、三千人かよ）

芸能人ならまだしも、一般人でこれだけ回るなら大したものだ。見れば、他の記事も巫女に関するものがほとんどで、いわゆる『神社・巫女萌え』系のカテゴリーらしかった。

（なんか……罰が当たりそうな気がしなくも……）

記事に書かれているのは、巫女への飽くなき探求心だ。それも、完全にキャラクターとしての捉え方で、神道や神職に関する知識を深めるものではない。「より巫女を楽しむため」の基礎講座程度の案内はあるが、メインはあくまでも理想の巫女を求めて、のようだった。

「ん？　おい、麻績。さっきから顔をしかめて、何見てやがんだ？」

ほい、とプリントアウトした報告書を差し出し、矢吹が脇から画面を覗き込んでくる。だが、すぐに「なんじゃや、こりゃ」と呆れた声をあげ、まるで可哀想な子でも見るような目でこちらを見下ろしてきた。

「な、なんですか、その目は。違いますよ？　俺は捜査の一環として……」

「いや、まぁ皆まで言うな。そうだよな、おまえは禰宜さんの時も最初っからヤラれてたみたいだしな。人の趣味にまで、あれこれ口出すほど俺は野暮じゃねぇぞ。な？」

「だから、違いますって。俺はただ……」

「けど、警察のパソコン使ってっていうのは感心しねぇな。そういうのは、自宅でこっそり見ろや。ま、今日のところは黙っておいてやるから。あ、履歴消すの忘れんなよ」

「矢吹さんっ」

自分だっておっぱい星人のくせに、と言い返してやろうとした時、突然プライベート用の携帯が鳴り出した。冬真は渋々反撃を諦め、ニヤニヤしている矢吹の視線を避けるように背中を向ける。噂をすれば何とやら、で、発信は葵からだった。

「もしもし？　葵、どうした？」

昨日の夜に喧嘩したきりなので、まさか電話がかかってくるとは思わなかった。弾む心とは裏腹に、なんとなく嫌な予感が冬真を襲う。

「なんだよ、何かあったなら遠慮なく……」

『木陰がいなくなった！』

「え……？」

『いないんだ。さっきから家族総出で心当たりのある場所は片端から探したけど、どこにもいないし何の連絡もないままなんだ。麻績、まさかそっちへ行ったりはしていないか？』

「い、いや、俺も本庁へは戻ったばかりだし……子どもが訪ねて来たって報告は……」

『そうか……』

落胆も露わに葵はしばし黙り込み、やがて震える声音で溜め息をつく。その音が事態の深刻さを物語り、俄《にわ》かに冬真も緊張に包まれた。

「陽はどうしてる？　あいつら、いつも一緒だったろう？」

『あの子は大丈夫だ。ただ、ほとんど木陰と離れたことがないのでとても不安がっている。

日頃は明るくて気丈な子なのに、なんだか言ってることも要領を得ないし』

「言ってること……？」

葵の言葉も大概不明瞭《ふめいりょう》だったが、やはり陽に直接話を聞いた方がよさそうだ。念のため、警察に連絡したのかと問うと、最寄りの派出所には届けを出したとのことだった。

『大袈裟かとも思ったが、このところあの子たちの身辺は騒がしかったし。それに、こんな時間まで一人で行動するなんて今までなかったんだ』

「わかった、ちょっと待ってろ。これから、すぐ行くから。陽、まだ起きてるよな？　できたら、要領を得ない話っていうのを俺に聞かせてほしい。いいか？」

『……すまない、迷惑かけて』

「迷惑なんかじゃねぇよ。葵、俺に連絡してくれてありがとな」

『麻績……』

「こういう時は、素直に頼ってくれないと。そうだろ？」

自分でもびっくりするくらい、甘い声が零れ出る。多分、事情を知らない矢吹は「勝手にやってろ」と言わんばかりに苦笑いをしていることだろう。

（それにしても、変だよな。木陰、危ない目に遭ってなきゃいいけど）

急いで向かおうと携帯を切った冬真は、初めてメールが来ていることに気がついた。仕事中はプライベートの携帯に頓着している余裕がないので、着信に注意を払っていなかったらしい。慌てて受信箱を開くと、思った通り双子からのメールだった。

『ハンサム刑事に相談したいことがあります。仕事終わったら、返事ください』

珍しく、用件のみの短い文章だ。着信は午後の六時頃で、なんとなく余裕のなさを窺わせた。いつもなら葵兄さんがどうしたこうしたと、読んでいて笑ってしまうようなマメ知識を書いてくるのに、今日に限ってそれがない。

「麻績、なんか事件か？　俺も同行しようか？」

そそくさと帰り支度をする冬真に、ただ事ではないものを感じたのだろう。矢吹が一転して真面目な声でそう申し出てくれたが、やんわりと辞退した。まだ事件性があるかどうかもわからないし、彼だって一日歩き回って疲れているはずだ。大丈夫です、と笑顔で答え、冬真はそのまま一課を飛び出した。


これ、と青白い顔で陽が差し出したのは、なんの変哲もない手提げの紙袋だった。

「裏手の鎮守の杜に、変な男の人が捨てていったんだ。でも、すぐに戻ってきたから、もしかして取り返しに来たのかもしれない。僕と木陰、凄い勢いで追いかけられて……」

「本当なのか、それは。陽、どうしてすぐ言わなかった？」

「だって、あの時は葵兄さん怒ってたじゃないか！」

「それは……」

「まぁまぁ、二人とも落ち着けって。喧嘩してる場合じゃないだろ」

冬真がやんわりと間に入り、葵と陽はたちまち項垂《うなだ》れる。時刻は十二時近くになっていたが、まだ木陰からの連絡は一切入っていないとのことだった。

駆けつけた冬真は社務所へ案内され、葵と陽から簡単な経緯を話される。動揺のあまり葵の前では理路整然と説明できなかった陽も安心したのか、ようやく自分と木陰が見た男について詳しく話してくれた。

「葵、ご両親はどうしてる？」

「……警官と一緒に、まだ捜しに出ている。俺と陽は、万一のために待機してるんだ。もしも誘拐や家出だったら、何かしらの連絡が入るだろうし」

「やめてよ、葵兄さん！　木陰は、一人で家出なんかしないよ！」

「陽……」

「だからって……誘拐も困るけど……」

そこまで言うと、とうとう我慢しきれなくなったのか陽は大粒の涙を浮かべる。今は巫女ではなく普通の男の子に戻っていたが、しきりに右手の甲で目を擦る様子は弱々しくて、普段の明るさは微塵《みじん》も残ってはいなかった。

「紙袋の中身、本当に血痕のついた服だったのか？」

「うん。ちゃんと確かめてないけど、底に何か別の物も入ってた」

「そうか。陽、これ預かってもいいかな。何か手掛かりがあるかもしれないし」

「……ん」

こくんと頷く陽を優しく撫でながら、冬真は「ごめんな」と心から謝罪する。

「おまえたちのメールに、もうちょっと早く気がついていれば……こんなことにならなかったかもしれないのに。本当にごめん」

「そんな、麻績さんのせいじゃないよ」

「あれ？　もうハンサム刑事はやめたのか？」

「あれは、木陰と二人で付けた仇名《あだな》だもん。あいつが帰ってくるまで封印する」

大真面目に答え、陽は濡れた瞳で微かに微笑んだ。


「俺のせいなんだ……」

もう遅いからと陽を自宅へ連れていった葵が、社務所へ戻ってくるなりそう呟く。弟の前では堪えていたのだろうが、白衣に包まれた肩は小刻みに震え、眼鏡越しの瞳が不安と自己嫌悪に縁取られていた。

「俺が、頭ごなしにあの子たちのことを叱ったから。だから、紙袋や男のことも言えずにこんなことに……。全部、俺のせいなんだ……俺は……」

「葵……」

「麻績、どうしよう。もし木陰に何かあったら、俺はあの子にどう詫びたらいい？」

「…………」

答えを求めるように縋《すが》りつく葵は、今にもその場へ崩れてしまいそうだ。凛と背筋を伸ばし、頑《かたく》なほど他人へ寄りかかろうとしない姿を見慣れているだけに、こうまで脆《もろ》くなった彼を見るのは痛々しくて仕方がなかった。

「今は、余計なことを考えるな。ただ、木陰の無事を祈るんだ」

「麻績……」

「ごめん。おまえには、軽々しく〝大丈夫〟なんて言えない。だけど、一刻も早く木陰の行《ゆく》方《え》がわかるように全力は尽くすよ。ここで誰が悪いとか詫びるとか、そんなこと言い合ったからって木陰が帰ってくるわけじゃない。しっかりしろ、葵」

「でも……俺が……」

「ああ、もうっ」

不謹慎なのは承知で、冬真は有無を言わさずきつく抱き締める。すぐに突き飛ばされるかと思ったが、反射的に身じろいだ後、驚くほど素直に葵はおとなしくなった。

「あのな、俺、邪《よこしま》な気持ちでこんなことしてんじゃないぞ……？」

「……わかってる」

腕の中の葵が、くぐもるような声音で小さく答える。

「おまえは、誰より俺の気持ちをわかっている。おまえの鼓動や体温が、何より俺を落ち着かせることも。……そうだろう？」

「木陰は、きっと見つける。だから、お願いだ。自分を責めないでくれ」

「…………」

「葵……？」

言葉の代わりに、葵の指がきつく冬真の腕を摑んだ。今、彼は懸命に気持ちを立て直そうとしているのだ。恐らく、以前ならそんな様子を他人に決して見せなかっただろうが、それだけ自分の存在を受け入れてくれている証《あかし》だと冬真は胸を詰まらせた。

（だけど……一体、誰がなんの目的で木陰を……）

陽と葵の話によれば、本殿で二人を説教してから罰として境内の掃除を命じ、葵自身は帰宅した宮司の父と別の場所へ出かけたという。氏子さん宅で不幸があり、神式の通夜を行うための急な用事だ。それから帰宅までの数時間で、木陰はどこかへ消えてしまった。

「よし、もう一度陽の話を整理しよう。葵、大丈夫か？」

「……大丈夫だ。俺がしっかりしないと、いけないいんだよな。ありがとう、麻績」

少しは効果があったのか、いくぶん落ち着いた様子で葵が静かに身体を離す。そうして、彼はふと決まり悪そうな顔でこちらを見返してきた。

「前にも、おまえとこんな風に過ごしたことがあったな。あれは、弓道場だった」

「ああ、俺も思い出してた。葵が、初めて昔のことを話してくれたんだよな。そういや、あの時は〝おまえは俺のことを何も知らないくせに〟って言われたな」

「あ、あれは、その……」

「さっきのセリフとは正反対だ」

軽く揶揄するように言い返し、冬真も真面目な顔つきになる。

「なぁ、葵。やっぱり、少しずついろんなものが変わってるんだよ。木陰や陽だって、いつまでも子どものままじゃない。あの子たちは頭がいいし、妙に度胸が据わってるだろ？　だから、もし何かあっても冷静に事に対処しているはずだ。だから――無事を信じろ」

「そう……だな」

「神様だって、自分に仕える大事な子どもだ。守ってくれてるよ」

ああ、と頷く葵に控えめな安堵の息を漏らし、冬真はすぐに本題へ入った。

「自宅では、おまえの母親が夕食の支度をしていた。その間、木陰と陽が二人きりで境内の掃除をしていたのは間違いない。その時、あいつらの格好は？」

「……俺は着替えろと言ったんだが、陽の話によると巫女姿のままだったらしい。境内に出たところで新たな参拝客に声をかけられ、着替える時間がなかったようだ。さっさと掃除を済ませて、俺が帰るまでに着替えていれば問題ないと思ったんだろう」

「五時から説教に約一時間、それから葵と父親が出かけたのが午後六時か。通夜を終えて帰宅したのが二時間後の八時で、その時にはもう木陰はいなくなっていたんだな？」

「そうだ。掃除で集めたゴミを、社務所裏のゴミ置き場へ捨てに行って……」

「ということは、掃除が終わりに近づいた頃だな。陽《ひ》によると、それが六時半。最近は陽が短くなってきてるから、恐らく周囲は薄暗くなっていたはずだ。戻ってこない木陰を心配して陽は一人であちこち捜していたが、まったく見つからなかった……と」

「初めは、ふざけてるのかと思ったんだそうだ。何か行動を起こす時、あの子たちが片方に黙ったままというのは一度もなかったから」

「六時半に、巫女姿のまま消えた木陰か……」

陽から渡された紙袋を見つめ、彼らを追ってきた男は何者だろう、と考える。

一度は捨てたはずの紙袋を取り返しに来たのに、生憎と双子たちが拾った後だった。それなら、どうして普通に「返してくれ」と言わなかったのか。

「俺に相談したいことがある、あいつらのメールにはそう書いてあった。受信したのは六時過ぎだから、葵の説教が終わってすぐだな。くそ、俺が早く気づいていればなんとかできたかもしれない。謝らなきゃならないのは、俺の方だ」

「人には〝自分を責めるな〟と言っておいて、それはないだろう」

くすりと微かに笑って、力無く葵は肩を叩いた。それもそうだ、と思い直し、冬真は冷静になれ、と己に言い聞かせる。それから、捜査の時に使う薄手の手袋を嵌めると、慎重に陽から預かった紙袋の中身を調べ始めた。

「葵は、何も触ってないのか？」

「触ってない。俺も陽も、何か重要な物だといけないと思って見ていないんだ」

「そうか……わかった」

陽が言った通り、まずは安っぽいジャンパーを引きずり出す。確かに血痕と思われる赤い染みが、灰色の地に飛び散っていた。表だけでなく裏地にも派手についていることから、犯人の衣類に付着した血が染みたのだと思われる。

「グロテスクだな……」

葵が蒼白になって眉根を寄せ、それでも気丈に目を逸《そ》らすまいとする。無理するなよ、と言ったところで無駄なので、冬真はあえて知らん顔をして先を続けた。

「別の物ってのは、これだな。タオルに包んで輪ゴムで止めてある。……葵」

「な、なんだ？」

「いつまでも、陽を一人にしておくのは心配だ。あいつも不安で眠れないだろうし。一度、様子を見に母屋へ戻ってやれ。俺は、ここで待ってるから」

「え……でも……」

「な？」

「……わかった」

冬真の真意を察したのか、葵は真剣な表情で承知する。一瞬、瞳が苦渋に歪んだように見えたが、彼は何も言わずに社務所から出て行った。

「さて……と」

深々と溜め息を漏らし、冬真はタオルに包まれた物体を見下ろす。

はたして、葵は気がついただろうか。

タオルにも、あちこち小さな赤い染みがついていることを。

「木陰……無事でいろよ……」

無意識に零れた呟きが、静まり返った社務所内に空《むな》しく散っていった。やがて冬真は覚悟を決め、一つ深呼吸をしてから輪ゴムをゆっくり外していく。

タオルの中から現れたのは、想像していた通り、血のついた包丁だった。

3

木陰《こかげ》が行方《ゆくえ》不明になって、三日が過ぎた。

事故か誘拐か、と警察でも二つの方向で捜しているが、犯人からの接触や身代金の要求はなかったし、近くの川や空き地、廃ビルなども隈《くま》なく当たったが何も出てこない。葵《あおい》の母親は心労で寝込んでしまい、警察と行方捜査に当たっている父親の代わりに、どうしても断れない祭事には葵が心痛を押し殺して出向いていた。

「陽《ひなた》に似顔絵を？」

「ああ。こうなると、木陰は紙袋を捨てた男に拉致《らち》された可能性が高い。目撃したのは陽しかいないんだ。だから、協力してほしい」

「…………」

「頼む、葵。もう他に手立てがないんだ」

停滞する事態の突破口に、と神社へ来るなり冬真《とうま》が申し出たのは、陽の証言から男の似顔絵を作成することだった。木陰がいなくなってからの陽はひどく塞《ふさ》ぎこみ、学校へ行ける状態ではないと聞いていたので躊躇《ちゅうちょ》していたのだが、もうそんな余裕さえなくなっている。

「おまえには詳しく話さなかったが、紙袋の男には殺人容疑がかかっている」

「なんだって……」

冬真の言葉に、葵の顔色が一瞬で変わった。彼は午後からの祭祀《さいし》のため普段の白衣《びゃくえ》から狩衣《かりぎぬ》へ着替えており、本来は心を乱すような言動は慎むべきだったが、刑事という立場上、そこまで慮《おもんぱか》ってやるわけにはいかなかった。

「もともと、俺が担当していたのは九月末に起きた松山町の殺人事件だ。あの紙袋に入っていたジャンパーと包丁には、被害者の血痕《けっこん》が付着していた。ジャンパーも被害者が着用していたのを、隣の住人が覚えている。事件当初からまったく手掛かりがなかったが、今は包丁の出処や紙袋を買った店を当たっているところなんだ」

「じゃあ、木陰は殺人犯に攫《さら》われたかもしれないのか？　証拠品を拾ったせいで？」

「わからない。紙袋を取り戻しに来た犯人が、たまたまゴミ置き場に来た木陰と再度出くわし、騒がれそうになったんでやむなく拉致した可能性もある。顔を見られたことも問題だろうが、それだけなら木陰だけを攫っても意味がないからな。もちろん、これはあくまで仮定の話だ。殺人事件と木陰の失踪《しっそう》とは無関係かもしれない。でも……」

「強盗殺人の捜査には、大きく進展がありそうだから——か？」

「葵……」

そう取られても仕方ないが、苦々しく吐き捨てた響きに、やはり冬真の胸は痛む。

心情としては木陰の安否が一番心配なのだが、いずれにせよ、男の身元が判明すれば何かしらの光明は摑《つか》めるはずだ。

「木陰を誘拐した、という犯人からの連絡はない。そうだろう？」

「…………」

「だったら、僅《わず》かな手掛かりでも手繰《たぐ》っていくべきじゃないか？　確かに、殺人事件に関しても陽の証言があれば大いに助かる。だけど、他にも双子と殺人事件を結び付ける要素がないわけじゃないんだ」

「どういう……意味だ……？」

ますます顔色を失い、半ば呆然《ぼうぜん》と葵が訊《き》き返してくる。清廉な銀白の狩衣に包まれた身体《からだ》は、きっと先刻から震えているだろう。冬真は一度唇を引き結び、努めて感情を交えないように口を開いた。

「被害者は、例のブログで陽と木陰の写真を見ていたんだ。しかも、閲覧していたサイトに掲載された神社――要するに高清水《たかしみず》神社だ――へ、犯人が殺人の証拠品を捨てにきて双子に見つかった。これが、単なる偶然と思うか？　ここには、やっぱり何かしらの因縁があると思わないか？」

「…………」

「おまえが追い払ったっていう、例の巫女《みこ》好きなサークルの連中、あいつらもブログに煩雑に出入りしていたんで矢吹《やぶき》さんが主要メンバーを呼び出して事情聴取しているところだ。明日は、ブログの管理人を呼んで妙なアクセスや不審な人物がサイトに出入りしていなかったか訊く予定になっている。だけど、彼らはネット上の付き合いが主だから、怪しい人物がいたとしても顔まで知っているかはわからない。プロバイダーから辿《たど》るのは可能だが、海外を経由されると身元を割り出すのは難しい。やっぱり、陽しかいないんだ」

「陽しか……いない……」

冬真の言葉に、葵が長く逡巡《しゅんじゅん》しているのがわかる。積み重なった疲労とストレスが、彼から理性的な判断力を失わせているせいだ。陽の証言が木陰を見つけるヒントになるかもしれないのに、これ以上落ち込んでいる弟を悩ませたくない、という感情がどうしても邪魔をして決断できないのだろう。

「——葵」

業《ごう》を煮やした冬真は、刑事の顔を捨てて彼に詰め寄った。

名前を呼ばれてハッと瞳の焦点を合わせ、葵が物言いたげに見つめ返してくる。

「木陰は……無事なのか……」

「葵……」

「もう三日もたっている。まだ十四歳なんだ、体力だってそんなにもたない。おまけに、拉致したのは殺人犯かもしれないんだろう？」

「…………」

「どうなんだ、麻績《おみ》。木陰は無事なのか？　生きてるのか？　なぁっ？」

冬真の二の腕を摑み、装束の乱れも無視して葵は叫ぶ。その目には悲痛な涙が滲《にじ》み、激しい動揺が語尾を潤ませていた。

（ああ、くそっ。俺は、なんでこんな時に何も言えないんだよ……っ）

乱暴に揺さぶられながら、冬真は己の無力さに心が締め付けられる。代われるものなら、今すぐにでも葵の痛みを背負ってやりたかった。けれど、今の自分にできることは一刻も早く真相に近づき、木陰の居場所を突き止めることしかない。

「――いいよ、麻績さん。僕、協力する」

突然、きっぱりした声が重苦しい沈黙を破った。

驚いて声の方向を見ると、泣き腫《は》らしたように真っ赤な目の陽が、それでも背筋をしゃんと伸ばして立っている。彼は本殿から賽銭《さいせん》箱の横を通って階段を下りると、参道の端で話し合っていた冬真たちのところへしっかりした足取りでやってきた。

「僕だって、早く木陰を返してほしい。だから、できることはなんでもするよ」

「陽……ありがとう」

「それに、木陰はまだ生きてるよ。怪我《けが》もしてない。ピンピンしてるから」

「え？」

自信たっぷりに不可解なことを言われ、思わず間抜けな声が出てしまう。だが、葵は弾《はじ》かれたように陽の両肩に手を置くと、真剣な様子で弟へ詰め寄った。

「本当か、陽？　ちゃんと感じるのか？」

「うん。だから、葵兄さん。安心して、出かけていいよ。僕、麻績さんと警察へ行く」

「そうか……」

ホーッと長い溜《た》め息を漏《も》らし、ようやく葵の目が優しくなる。何がなんだか会話の意味がさっぱりわからず冬真が面食らっていると、陽がやや得意げな様子で言った。

「僕と木陰、双子じゃん？　どっちかが具合悪かったりすると、残った方も同じところが痛くなったりするんだよ。でも、僕はどこも痛くないから」

「そんなこと……本当にあるのか……？」

「小さい頃からそうだもん。ねぇ、葵兄さん？」

「ああ、本当なんだ。実際に、どちらかが転んで怪我をすると、もう片方も同じ場所が腫れたりするし。不思議な話だと思うだろうが……」

「まぁ、同じ遺伝子持ってるんだしなぁ。元は一つの卵だったわけだし……」

俄《にわか》には信じ難い話だが、双子の間に特殊な力が働くという例はテレビや文献で冬真も目にしたことがある。それより何より、陽の一言で葵が立ち直ってくれたのが嬉《うれ》しかった。

（さぞ気になっていただろうに、陽に遠慮して何も訊けなかったんだな。葵らしいや）

それじゃ、と改めて陽へ向き直り、犯人の似顔絵制作に協力してもらうことにする。冬真が責任を持って送り迎えする、ということで葵からもようやく許可が下りた。

（これで、大きく捜査が前進してくれるといいんだけど）

二人の手前、不安そうな顔は決してできなかったが、木陰が無事という情報は正直有難い。

必ず見つける、と改めて自身へ誓い、冬真は陽の手を取った。


よく来たね、と葩島《はいしま》からにこやかに握手を求められ、課長室に入った陽は口をポカンと開ける。だが、それも無理はないと付き添いの冬真は思った。

弦楽器による典雅なクラシックと、柔らかな芳香を放つ華やかな生花。それらを背景に、葩島はどこの御曹司かと見紛《みまが》う外見で品よく笑いかけてくるのだ。その光景は、警察の厳《いか》めしいイメージからはあまりに程遠かった。

（確かに、矢吹《やぶき》さんが嫌うのはよくわかる。不眠不休で捜査に当たってる傍らで、こんな優雅な部屋にふんぞり返られてちゃ切ないもんな）

相手が子どもということもあり、少しでも緊張を解こうと葩島の部屋で似顔絵制作をすることになったのだが、恐らくそれは建前だろう。彼は、大学の後輩である葵の弟を自分の目で見てみたかったのに違いない。陽を連れてくるよう指示された瞬間、冬真はすぐそれを察したが、相変わらず葵にこだわっているんだな、と内心面白くなかった。

（そりゃ、葵が傷害事件の被害者になったことに、葩島さんは無関係じゃないけど）

葵はパラリーガルだった時、葩島の父親の弁護士事務所で働いていた。そこで手伝っていた依頼がこじれて重傷を負ってしまい、事務所を辞めるだけでなく学生時代から続けていた弓さえ続けられなくなってしまったのだ。そのことは、互いの関係に少なからず影響を与えたはずだろう。

「どうぞ座って。今、飲み物とケーキを持ってこさせるから」

「は、はい」

「陽くん、だったよね。僕は葩島蓮也《れんや》。君のお兄さんとは、大学が同じなんだよ」

「葵……兄さんと？」

「そう。だから、君や木陰くんのこともよく知ってる。ちょうど僕が葵と初めて会った頃、君たちが小学校へ入学したんだ。ずいぶん年の離れた弟がいるんだって、話が弾んだのを覚えてるな。僕は一人っ子だし、とても葵が羨《うらや》ましかったよ」

故意か偶然か、葩島はやたらと「葵」を連発する。冬真は甚《はなは》だ不愉快だったが、陽には効果があったようで、兄の知り合いとわかった途端、表情から警戒の色が薄くなった。

婦人警官が人数分の紅茶と、陽にだけショートケーキを運んでくる。続けて特設現場資料班から似顔絵描きの達人がやってきて、早速紙袋の男についての質問が始まった。

「麻績くん、ちょっと」

しばらくすると、ちょいちょい、と人差し指を動かし、蓜島が小声で冬真を呼ぶ。作業は順調に進み、陽もだいぶ記憶が掘り起こされてきたのか熱心に質問に答え始めていた。そんな彼らから少し離れ、二人は窓際のデスクまで移動する。

「知ってると思うけど、さっきまで矢吹くんが高清水神社へ団体で押し掛けたサークルの代表者から話を聞いていた。僕も別室で様子を見ていたけど、彼らには松山町の事件も木陰くんの行方不明にも心当たりがないようだ」

「そうですか……」

「まぁ、そうがっかりしないで。本命は次だから」

「え？」

「ブログの管理人、明日の予定が今日に繰り上がったんだ。麻績くん、担当する？」

「い、いいんですか？」

驚いて訊き返すと、蓜島は眼鏡の奥の瞳をにっこり細めて「もちろん」と答えた。

冬真が高清水神社の人間と懇意にしているのは、蓜島も以前から承知だ。こういう場合、私情が絡《から》まないよう捜査から外されるのが鉄則なので、せめて矢吹に頑張ってもらおうと冬真は歯がゆく思っていた。けれど、蓜島は構わないと言う。

「君は、松山町の捜査本部の人間だからね。もともと、管理人を呼びだしたのもそっちの事件絡みでだし。いずれにせよ、木陰くんの方は一課の仕事じゃないだろ？　だから、あくまで雑談の範疇《はんちゅう》内ってことにしておくように」

「ありがとうございます！」

「うん、信用しているよ。麻績くんは、捜査に私情を交えてぐだぐだにするキャラじゃないから。……誰かさんみたいにね」

「誰かさんって……」

「人情熱血オヤジ刑事《デカ》。そろそろシャツを替えろって言っといて。首に輪ができてるから」

「はぁ……」

本音なのか嫌みなのか判別できず、冬真は曖昧《あいまい》な返事でその場をやり過ごした。なんとなく突っ込めない雰囲気だったし、言ったそばから乾島は矢吹のことなど忘れたように涼しげな微笑で陽の方へ戻ってしまったからだ。

(あの二人も、なんだかな……)

キャリアとノンキャリアというカテゴライズだけでは、説明できない確執を感じる。だが、それどころではないと冬真は急いで頭を切り替えた。今は、少しでも事件の真実に近づくことが先決だ。

(人気ブログの管理人か。どんな奴だろう)

巫女萌《も》えの親玉のような人間だし、多少の癖の強さは覚悟するべきかもしれない。どれだけ収穫があるかはわからないし、被害者がサイトを閲覧した履歴があるというだけでは、管理人の方でも何も答えようがないだろう。

それでも、小さな引っ掛かりから地道に当たっていくしかない。

一生懸命「髪はもっと短くて……」と記憶を頼りに説明している陽の姿を見ながら、冬真は改めて強くそう思った。


「本日は、わざわざご足労いただき、ありがとうございます。捜査一課の麻績冬真です」

参考人の事情聴取とは違うので、一課の奥に設《しつら》えた来客用のソファセットで冬真は相手と向かい合わせに座る。隣には矢吹がサブとして控え、相手を威圧しないよう「どうも。同僚の矢吹信次《しんじ》です」と愛想のいい笑顔で頭を下げた。

「あ、いえ、こちらこそ」

冬真と矢吹、二人が出した名刺を物珍しげに眺めていたブログの管理人、ハンドルネーム・ミッコリーノこと岸川祥太郎《きしかわしょうたろう》は、畏《かしこ》まって礼を返す。年齢は三十一歳ということだったが、見た目はもう二、三歳は若く見えた。昨年までは大学院に残って日本史学を専攻していたらしいが、現在は予備校の臨時講師をしているという。

「大雑把なところは出向いた人間がご説明したかと思いますが、岸川さんの……」

「ミッコリーノでいいですよ」

「は？」

「や、今はそう呼ばれる方が多いもんで。岸川さん、とか言われると緊張するっていうか」

「…………」

「えーと、じゃあ遠慮なく。……ミッコリーノさん」

一瞬固まってしまった冬真を、脇《わき》から矢吹がさりげなくフォローする。どんなにまともそうに見えてもやっぱりどこか違う、と巫女への尽きぬ愛情と情熱に溢《あふ》れたブログの画面を思い出しながら、冬真はまじまじと岸川を見つめた。

（うーん、なんだか見た目は好青年って感じだぞ。いや、人の嗜好《しこう》をあれこれ言う気はさらさらないけど、普通にしていればカノジョだってすぐできそうな……って、余計なお世話だけど。確か、まだ独身で一人暮らしだって話だよな）

だが、初対面の相手に「ミッコリーノと呼んでください」と言える度胸はなかなか凄《すご》い。おかしな感心の仕方をしていたら、岸川は自ら進んでブログについて語り始めた。

「僕のブログ、高清水神社の巫女さんを紹介してからまたアクセス数が増えたんですよ。ツイッターの方でも、聖地からの報告が続々と入ってくるし。ブログにアップしてからもう二週間以上になりますけど、ここまで反響があるとは思いませんでした」

「そうですか。ツイッターまでやってるんじゃ、広まるのは早かったでしょうね。ちなみに、フォロワーは何人くらいいるんですか？」

「流動的ですけど、二千人くらいかなぁ。直接交流があるのは、ブログへも出入りしてよくコメントくれる常連さんたちだから、二、三十人ってとこですね」

「おい、麻績。聖地とかフォロワーってなんだ？　何かの暗号か？」

矢吹が困惑しながら、そっと声を落として尋ねてくる。報告書を書く以外で滅多にPCなど弄《いじ》らない彼にしてみれば、そう聞こえても無理のない単語ばかりだった。冬真自身はブログもツイッターもやっていないが、ネットは人並みに触れているので一応の知識はある。簡単に説明し、ようやく矢吹が納得したところで慌てて岸川へ話を戻した。

「すみません、脱線しました。それで、今回お尋ねしたいのは岸……ミッコリーノさんのブログに、松山町で起きた殺人事件の被害者が何度かアクセスしていた履歴が残っていたものですから、何かお話を伺えないかと思いまして」

「ええ、家へ来た刑事さんから聞きました。僕、一度警視庁の中って見てみたくて、あの場では何もお話ししなかったんですけど……」

「そういう方って、珍しいですよ。皆さん、容疑者扱いするのかって嫌がりますから」

「人間、好奇心を無くしたらお終《しま》いですよ。ねぇ？」

にこやかに同意を求められ、冬真は作り笑いで頷く。確かに、マンションまで出向いた刑事には何も答えず、岸川は「自分が出向く」の一点張りだったそうだ。あんなに目を輝かせて「警察へ行きます」と言い出す奴も珍しい、と捜査本部では笑い話になっていた。

「ミッコリーノさん、改めてお訊きします。神田芳樹《かんだよしき》という名前に、心当たりはありませんか。あるいは、このアドレスでもけっこうなんですが……」

「拝見します」

冬真がテーブルに出したメモには、被害者、神田芳樹のメールアドレスが書いてある。ネット上ではハンドルネームを名乗るのが普通なので本名で岸川がピンとくることはないだろうが、アドレスならばあるいは記憶に引っ掛かるかもしれない。

「フリーアドレスが二つと、プロバイダー契約のものが一つ。全部で三つです」

「ちょっと待ってくださいね。検索した方が早いから。僕、こんなこともあろうかと愛機を持参して来たんですよ」

岸川は俄然《がぜん》張り切って、傍らのショルダーバッグから小型のモバイルPCを取り出した。大手メーカーが売り出したばかりの新作で、予約完売でプレミアが付いている機種だ。矢吹が「ほほー」と声をあげ、意気揚々と立ち上げる様を興味深そうに観察した。

「コメントかメールでも貰《もら》っていれば、一発なんですが……」

岸川は慣れた手つきで被害者のアドレスを打ち込み、自身のメールフォルダに検索をかける。だが、数秒もしないうちに残念そうに「ないですねぇ」と呟《つぶや》いた。

「その人、うちのブログを見てたってことは巫女好きなんですか？」

「いえ、そういうことを思わせるような物は家に残されていませんでした」

「なぁんだ。じゃあ、なんで来てたんだろ。ご存知でしょうけど、僕のブログ『ミッコリーノ参る！』は、巫女関係の記事しかないんですよ。僕のプライベートな話は、また別のブログに別の名前でやってるし。巫女に興味ない人が見ても、面白くないと思うけどな」

「アクセスは、殺される一ヶ月ほど前から日をおいて三回ほどです」

「松山町の事件って、九月末でしたよね？　その一ヶ月前の記事は……と……」

一課のPCを使っても良かったのだが、あまりに岸川の手際が鮮やかなのでそのまま続けてもらうことにする。何度か見てすっかりお馴染《なじ》みとなった『ミッコリーノ参る！』のブログ画面が一瞬で現れ、タイトルに被《かぶ》せてフラッシュで踊るアニメの巫女に、矢吹が再び「ほほー」と唸《うな》った。

「う〜ん、大したことは書いてないなぁ。更新、週一から週二くらいだし」

ほら、とこちらへPCの向きを変え、岸川は不可解そうに首を傾げる。

「目ぼしい話題がない時は、こんな風に『マメ知識』っぽいのを載せるんです。神事とか、巫女の歴史とか。まぁソレっぽいヤツですね。この時の記事は、お祓《はら》いです」

「お祓い……」

「実際、お祓いは宮司の務めですけど。ここでは、自分でもできる身近なお祓いを幾つか紹介しました。ほら、盛り塩とかパワーストーンとか。案外反響があったんで、何回かシリーズにしたんじゃなかったかな」

「では、神田さんがお祓いに関する記事目当てで訪問してたということは」

「可能性はあるでしょうけど、そこまで僕にはわからないなぁ。少なくとも、その人から僕へ個人的にメールが来たりはしてないってことです。ハンドルネームがわかるなら、コメント欄も見ますけど？　アドレスは任意だから書いてないだけかもしれないし」

「いえ、そこまでは……あ、ちょっと失礼します」

話の途中で仕事用の携帯が鳴り出し、冬真は話を中断して電話に出た。

「あ、課長。どうもお疲れ様です。そうですか、完成しましたか。はい、すぐFAXしてください。ちょうど、ミッコ……じゃない、岸川さんもいらしてますから」

「どうした、麻績？　もしかして、例の似顔絵か？」

「はい、矢吹さん。たった今、完成したそうです。課長がこっちへFAXを……あ、来ました。今取ってくるんで、ミッコリーノさんにも一応見てもらいましょうか」

「そうだな。えーと、ミッコさん。松山町事件の有力な容疑者の似顔絵が、目撃者の証言から出来上がってきました。ちょっと、見ていただけますか？」

「構いませんけど……」

勝手に「ミッコ」と略された岸川はムッとしたようだが、文句は言わずに渋々と頷く。受け取ったFAXを手に冬真が戻り、彼の目の前へ紙袋を捨てた男の似顔絵を差し出した。

「いかがですか？　どこかで見たとか、知り合いに似てるとか、何かありますか？」

「……いえ。まったく見覚えありません。あの、まさかこの男も僕のブログに……？」

「そういうわけじゃありません。安心してください。というか、まだそこまでわかっていないんです。今後、何らかの関係が判明した場合、またお話を伺うかもしれませんが」

「はぁ。それにしても、なんだか危ない目つきをした男ですね。こういうのが、僕のブログに出入りしていたら嫌だなぁ。激しくイメージダウンじゃないですか」

自分が発見した双子の美少女巫女、その片割れを拉致したかもしれない相手とは知らず、岸川は思い切り顔をしかめる。もし彼が、同じフロアにもう一人の巫女がいると聞いたらどんな反応をするだろうか、と冬真は思わず興味を抱いた。

（考えてみれば、彼をはじめとする巫女萌え連中は、木陰や陽を女の子だと信じてるんだもんな。まさか、男子中学生が女装してるとは……思わないよなぁ……）

それこそ、彼らの正体を知ったらどれだけショックを受けるかわからない。葵はその辺も案じているため、「元から知り合いのご近所ならともかく、見知らぬ相手まで騙《だま》すとは」と強硬に止めさせようとしていたのだ。

結局、岸川から具体的な情報を得ることはできず、礼を言って帰ってもらうことになった。また協力できることがあればいつでも、と彼は機嫌よく答え、冬真たちの見送りを丁寧に辞退する。一課を出ていく際に「室内を写メるのは、やっぱり駄目ですよね」と冗談半分に笑い、ついでのように小さく口の中で呟いた。

「僕がここへ来る時、表玄関で国生《こくしょう》くんたちと会いました。彼らも呼ばれてたんですね」

「国生……ああ、何かのアニメのサークルですね。団体で高清水神社へ押し掛けて、そこの禰宜《ねぎ》さんにさんざん叱られたそうですよ。彼らが何か？」

「いえ……」

軽く言い淀《よど》み、彼は迷った風に沈黙する。だが、数秒もすると心を決めたのか、冬真の方を見返してきっぱりした口調で言い切った。

「あいつら、少し気をつけた方がいいかもしれません」

「え？」

「僕のブログでも、たまに他の人たちとやりあったりするんです。巫女への愛情表現の方向性が、微妙に違ってたりすると許せないらしくて。僕も、よく嚙《か》みつかれます」

「ご本人たちとは、顔見知りなんですか？」

「一度だけ、オフ会やったことあります。あと、僕は顔出ししてないけど、あいつらのホームページにはしょっちゅう自分たちの聖地巡礼写真がアップされてますから」

「そうだったんですか……」

「松山町事件とは関係ないと思うけど、いつか別の何かで問題起こしそうな連中ですよ」

実際、何か苦々しい思い出でもあるのか、岸川は辛らつな口をきく。ずっと好青年の印象を保っていただけに、それは意外な側面だった。

「時に、ミッコリーノさん。ブログにアップしてから、双子の巫女には会いに行かれましたか？　その、つまり……高清水神社へ」

「いいえ、行ってません」

「何か理由でも？　他に、お目当ての巫女さんを見つけたとか？」

「そんなんじゃないですけど」

冷やかすような口ぶりに苦笑し、岸川はやや自慢げに答える。

「僕が顔を出したら、彼女たちを見に訪れた人たちに身バレしちゃうでしょう？　双子の巫女さんとは、撮影をする時にけっこう仲良くなってるし。僕だけ立場が違っちゃうのは、皆を白けさせちゃいますからね」

「はぁ……そういうもんですか」

「それこそ、国生くんたちにでも見つかったら面倒です。オタクの嫉妬《しっと》は怖いですから」

「…………」

わかったような、わからない方が幸せなような、複雑な気分で冬真は「成程」と呟いた。要するに、岸川は自分が双子の巫女を発掘した、という事実だけで自尊心が充分満たされているらしい。

「じゃ、失礼します」

お土産に警視庁の防犯ステッカーを貰い、ご機嫌で岸川が部屋を出ていく。

思わず長い溜め息を漏らした冬真へ、労《いた》わるように矢吹が背中を叩《たた》いた。

「……で？　麻績、おまえはどう思った？　ミッコとサークルの連中」

「国生さんたちの方は、直接話してないから何とも言えません。だけど、ミッコリーノさんは特に後ろ暗いところや隠してることはなさそうですね」

「不要な一言も、過剰なおしゃべりもなかったしなぁ」

「被害者や紙袋の男について何か知っていれば、大抵はボロを出しますから」

あまり芳しくない成果に、うーんと二人は小難しい顔になる。

先ほど岸川が話したメールの有無や被害者がアクセスした記事などは、実のところ鑑識からとっくに報告があがっている。神田がブログを訪れたのは、「お祓い」の検索ワードに引っ掛かったからだということまで事前にわかっていた。

だが、冬真たちはあえて岸川に話を振って、その反応を観察していたのだ。何か疾《やま》しいことがあれば、必ず人はボロを出す。訊かれてもいないことをベラベラ話したり、関係者以外は知らないはずの情報を口にしたりして、自らを窮地に追い込むのだ。

けれど、岸川に問題点は見つからなかった。

彼はごく普通に対応し、素直に質問に回答してくれた。別にハナから疑っていたわけではないし、疑う根拠もなかったが、どんな人間が事件に関与しているのかわからないので、こちらの手の内は見せないに越したことはない。

「一つ気になると言えば、最後の国生さんたちの話ですけど」

「わからねぇぞ。ネットのトラブルで、私怨があるのかもしれないしな」

「でも、木陰がいなくなった当日、彼らが高清水神社にいたのは事実です。犯人が攫うところを目撃したとか、不審な人物を見かけたとか、そういう証言はなかったんですか？」

「おっかない禰宜さんに睨《にら》まれて、早々に退散したって言ってたな」

「そうですか……」

「だが、似顔絵もできてきたことだし、もう一度それを持って確認はしてみるわ。ミッコは危ない目つきだと言ってたが、顔自体は平凡で特に危険人物には見えない。境内《けいだい》の端をウロウロしていても、そう目立つ輩《やから》じゃなかったろうよ」

焦りが顔に出ていたのか、いくぶん宥《なだ》めるような口調でそう言われた。今頃は捜査本部にも似顔絵が送られ、大量にコピーされているだろう。それを持って捜査員たちは駆けずり回り、新たな目撃者や男の身元について徹底的に調べ上げていく。紙袋の遺留品には指紋がついていなかったが、ジャンパーに付着していた髪の毛からも調査は進んでいるはずだ。

（木陰、待っていろよ。きっと、もうすぐだからな。頑張るんだぞ）

行方を追っていた少年事件課のチームも、事故ではなく事件に巻き込まれたものとして再調査を始めている。後は犯人を追い詰めていくだけだが、すでに悠長なことは言っていられないほど日数がたっていた。いくら陽が「無事だ」と請け負ったからと言って、やはり完全には安心などできない。

(木陰……――)

こまっしゃくれた表情と、時折覗《のぞ》かせる大人びた目。

陽と二人、きわどいセリフをオモチャのように扱いながら、生真面目な葵を翻弄《ほんろう》する様子が自然と瞼《まぶた》に浮かんできた。彼と陽がいたから、自分と葵の距離は縮まったと言える。二人の冷やかし半分、本気半分の後押しが、どれだけ葵の警戒心を解いてくれたかわからなかった。今となっては、彼らは冬真にとっても弟同然の存在なのだ。

(ちゃんと、無事に帰ってこいよ。帰ってきたら、冬美《ふゆみ》とデートさせてやるから)

冬真の妹である冬美を、木陰と陽はとても気に入っている。これまでは「女装の巫女がボーイフレンドだなんてとんでもない」とガードを堅くしてきた冬真だったが、戻ってきたらデートの一回や二回は許してやろうと思った。

そうして、新たな布陣で捜査が再開されて三日後。

冬真の願いが通じたのだろうか。

紙袋の男――新田賢治《にったけんじ》が、ついに捜査員によって逮捕された。

「麻績っ！」

所轄の捜査本部へ案内されてきた葵が、部屋に飛び込むなり名前を叫ぶ。しかも、神社からそのまま駆けつけたのか禰宜姿のままだ。何事かと残っていた捜査員から一斉に注目されたが、他人の目など今の彼にはどうでもいいに違いなかった。

「麻績、矢吹さんから連絡をもらった。犯人が捕まったんだって？」

「葵……ああ、まぁそうなんだけど……」

「どうして、すぐ電話をくれなかったんだ！　木陰は……木陰は無事なのかっ？」

興奮気味にまくしたてる姿は、神社で黙々と務めに励む彼からは想像もできない。さすがに周りの視線が気になり、冬真は声を落として「ちょっと来い」と囁《ささや》くと、右手を引っ張って廊下の人目があまりない場所へ向かった。

「なんなんだ、一体！」

ようやく立ち止まるなり、葵が腹立たしそうに冬真の手を振り払う。苛立《いらだ》ちと不安が彼を攻撃的にさせ、なかなか本題へ入ろうとしない冬真を責めるように睨みつけた。

「どうでもいいが、早く教えてくれ。木陰は、どこにいるんだ？　大丈夫なのか？」

「葵、あのな」

「前置きはたくさんだっ。木陰の話をしろよっ！」

「…………」

こうなることを予測して、連絡は矢吹に代わってもらったのだ。今頃、葵の両親も他の署員から事情を説明されているだろう。だが、まさか葵本人が捜査本部まで乗り込んでくるとは思わなかった。

仕方ない、と覚悟を決め、冬真はそっと彼の両肩へ手のひらを置いた。

「陽の似顔絵のお陰で、聞き込み捜査で犯人の身元はすぐに割れた。宅配業者の配送人で、被害者の家が担当区域にあった男だ。被害者はネット通販でいろんな物を取り寄せていたから、ほぼ毎日のように通っていたらしい。それで、多少は世間話もする仲になっていた」

「そんなこと、どうでもいいっ。麻績、おまえ……何か隠してるな？」

「…………」

「……言ってくれ。木陰に関することなら、俺には聞く権利がある。そうだろう？」

「木陰は……見つかっていない」

「な……」

葵の呆然とする顔を見ているのが辛《つら》くて、冬真は思わず目を逸《そ》らしたくなる。だが、彼を愛した時にどんな状況でも自分が支えると誓ったのだ。動揺しているのは自分も同じだったが、冬真はあえて感情を押し殺し、できるだけ事務的に事実だけを伝えた。

「犯人は新田賢治という名前だ。ジャンパーに付着していた毛髪の鑑定でも一致した。捜査員がアパートへ出向いて任意同行を求めたら、案外あっさりと自供したよ。本人も、陽と木陰に顔を見られてから、警察がいつ来るかとビクビクしながら暮らしていたらしい」

「木陰は……そのアパートにはいなかったのか……」

「いなかったっていうか……」

どう言い繕ったところで、真実は一つだ。

冬真は真っ直ぐ葵を見返すと、眼鏡越しに震えている瞳を力強く捉えながら言った。

「新田は、木陰を知らないと言っている」

「え……？」

「紙袋を捨てた後、やっぱり心配になって取りに戻ったところを双子の巫女に見られた――この点は、本人も認めている。急いで追いかけたけど、境内へ逃げ込まれたので捕まえられなかったってな。あの紙袋には、犯行に使用した凶器と逃亡する際に被害者宅から持ち出したジャンパーが入っている。もうお終いだ、と思い、何度も自殺を考えたそうだ」

「だけど……木陰を攫ってはいない……？」

「そうだ」

冬真が頷くなり、葵が虚脱したように床へ膝《ひざ》をついた。慌ててしゃがみ込み、大丈夫かと肩を揺さぶってみたが反応がない。葵は張り詰めた糸が切れた様子で、ただ力無く「嘘だ……そんなの……」と小さくくり返した。

「麻績……じゃあ、木陰はどこへ行ったんだ？」

「葵……」

「犯人は、何も関係がなかったって言うのか？　罪を逃れるために、嘘を言ってるんじゃないのか？　なぁ、ちゃんと調べてくれたんだろうな？　どうなんだっ？」

「昨夜遅く逮捕して、それから捜査員が入れ替わり立ち替わり事情聴取している。松山町の殺人については全面的に認めているが、あくまで巫女なんか知らないと言い張っているそうだ。俺もさっき対面したが、嘘を言っているようには見えなかった。第一、もし木陰を攫ったんだとしたら、そこまでしておいて逃亡もしなかったのは腑《ふ》に落ちない」

「あ……」

愕然《がくぜん》とした声音が零《こぼ》れ落ち、それきり葵は黙り込んだ。

（葵……――）

こんな時、どんな言葉も役には立たないことを冬真は知っている。

妹の冬美は、葵同様に犯罪の被害者だ。冬真が脱サラして刑事に転職したきっかけでもあるのだが、まだ幼い彼女がピアノ教室へ乱入してきた男に刺されたと聞いた時、自分を取り巻く世界が崩れていくような感覚を味わった。理不尽な暴力によって、日常はいとも容易《たやす》く姿を変える。絶望と怒りに満ちた日々は、冬美が今も車椅子の生活をしている現実を目にするたびに、新たな傷となって冬真の心を浸食しようとする。

それ故に、葵の存在にどれだけ救われたかわからなかった。過去の傷を抱え、尚も毅然《きぜん》と生き抜こうとしている彼の姿勢が、自分の淀みや濁りを気づかせてくれたのだ。

だからこそ、絶望している葵を見るのは辛い。

彼には、前を向く強さを失わないでいてほしい。冬真は心の底からそう願い、祈りを込めて葵の身体を抱き締めた。

「お……み……」

「ごめんな、葵。ごめん……」

「…………」

「まだ諦めない。俺は、絶対に諦めない。木陰の行方を、必ず突き止める」

「麻績……──」

熱い衝動にかられて断言すると、葵の震えが少しずつ間遠になっていく。慰めでもごまかしでもなく、自分が木陰を見つけることを冬真は信じて疑わなかった。

「麻績……」

そろそろと背中へ手が回り、葵が静かに抱き締め返してくる。瞳は伏せられ、その光を見ることは叶《かな》わなかったが、指の力は確かなものだった。冬真は短く安堵《あんど》の息を漏らし、彼を抱く腕に改めて力を入れ直す。

守りたい、と今ほど強く思ったことはなかった。葵を、葵が愛する世界の全部を、何一つ傷つけず守り通してやりたかった。

「――信じるよ」

か細く消え入りそうだったが、葵の声が語尾までしっかりと鼓膜へ響く。

彼は顔を上げ、迷いや不安を打ち消した表情で冬真を見た。

「麻績、おまえを信じる。俺だけじゃない、陽や木陰もおまえを信じている」

「……ああ」

「だけど、約束してくれ。もし、木陰の身に何かがあったとして、それを決して自分のせいにはするな。おまえに謝られたら、俺は……困る」

「葵……」

「大体、謝られても木陰が帰ってくるわけじゃない。そうだろう?」

段々と調子を取り戻したのか、最後の方はいつもの強気な葵だ。そうだな、と冬真は少しだけ微笑《ほほえ》み、ゆっくりと腕の中から恋人を解放した。

「じゃあ、俺は捜査に戻るよ。何かわかったら、すぐ連絡する」

「わかった。おまえ、あんまり寝てないだろう? 目の下、隈ができてるぞ」

「それは、葵も同じじゃないかよ。ま、おまえは隈があっても可愛《かわい》い……」

「なんだって？」

ギロリと睨まれて、慌てて口を閉じる。こんな他愛もない会話も、ずいぶん久しぶりな気がした。いざ離れてみると、平凡な日々がどんなに幸せだったかを思い知らされる。生意気な双子がいて、葵の生真面目な説教があって、そこにはいつも笑顔があった。

（きっと、何か見落としがあるはずなんだ。きっと……）

もう一度、木陰が消えた前後から考え直してみよう。神隠しでもあるまいし、人間が起こした行動なら必ずどこかに手掛かりを残しているはずだ。

「……麻績」

葵を送ってN署の正面玄関まで出ると、ふと何かを思いついたように彼が振り返った。

「ん？　どうした、葵？」

「もし、木陰が無事に戻ってきたら……」

「ああ」

「一緒に……その、どこかへ出かけないか？　どこでもいい、麻績の好きな場所へ」

「え……」

「だから！　その日のためにも頑張ってくれ。俺も、もう悲観するのはやめる」

「お、おい、葵っ」

照れ隠しなのか早口で一方的に話を切り上げると、葵はさっさと歩き出す。

取りつく島のない背中を唖然《あぜん》と見送りつつ、冬真は彼の姿が角を曲がって見えなくなるまでその場に無言で突っ立っていた。

もうすぐ、十日目になるよな。

手足をロープで拘束され、自由を奪われた格好で、巫女姿の木陰は壁のカレンダーをウンザリと見上げる。トイレには定期的に行かせてもらえるものの、さすがにシャワーは贅沢な望みなのか、早い話がずっと風呂に入っていなかった。秋だから助かったが、もし今が真夏だったらと思うとゾッとする。別段、風呂好きということはなかったが「入らない」のと「入れない」のでは意味が全然違う。

(それにしても、いい加減この格好だけでもなんとかなんないかなぁ)

着替えたい、などと言える雰囲気では毛頭なく、そもそも相手は自分を女の子だと思い込んでいるフシがある。攫われた当初、木陰はそこを訂正しようとしたのだが(待てよ)と自分にストップをかけた。女の子と男の子では、相手の対応が違うかもしれないからだ。

(だって、攫った割には妙に扱いは丁寧だもんな。……縛ってる以外は)

幸いロリコンの趣味はないようで、身体を触られたりすることもない。大事なコレクションを見るような目つきでうっとり見つめられたり、ごくたまに髪の先を摘《つま》んだりはされるが、それくらいはまだ我慢ができた。

（問題は、いつ自由になれるかってことだよ。勉強だって、だいぶ遅れちゃったし）

多分、自分がいなくなって陽も自宅で塞ぎ込んでいるだろう。そうなると、二人揃《そろ》って補習は避けられない。いや、補習が受けられるならまだマシだった。下手をしたら、一生このまま帰れない、なんて展開もありえなくないのだ。

（え〜、やだやだ！　こんな狭い１ＤＫで、あんな変態と暮らすのは絶対やだ！）

一人で留守番なのをいいことに、木陰は無遠慮にジロジロと部屋の中を見回してみる。これまでも機会を窺《うかが》ってては観察していたのだが、相手は自宅にいることが多く、外出したのは今日を入れて三回だけだった。

（まったく、食料だって生協の配達で賄《まかな》っちゃうし。こんな目に遭わせてるんだから、もっとご馳走《ちそう》を食わせろってんだ。例えば……そう、鰻重とかかつ丼とかさ）

巫女には精進料理がいいんだろうけど、なんて猫なで声で言ってたセリフを思い出し、木陰は思い切り嫌悪に顔をしかめる。極力口を開かないようにして相手に好きなだけしゃべらせているのだが、自己完結したような独り言が多くて、聞いているだけでゲンナリだった。

（葵兄さん、ハンサム刑事……心配してるだろうなぁ）

なんとか逃げ出そうと思うのだが、ここはマンションの上層階らしく窓から脱出するのは不可能だ。一人の時は猿ぐつわを嚙ませられているので声が出ないし、家電話もなかった。

(連絡手段はPCか携帯電話だけど……いつも、持って出て行っちゃうもんな)

他には、と視線を彷徨《さまよ》わせ、目に付く巫女グッズの類《たぐい》にまた辟易《へきえき》する。

独身の男性らしい質素な部屋で異彩を放っているのは、本棚やデスクなど至る所に飾られた巫女のフィギュアや写真、ポストカードなどだった。二次元、三次元関係なく、とにかく巫女でさえあればなんでもいいらしい。写真立てにはどこかの神社へ詣でた際に撮ったと思われる巫女とのツーショットが入っているし、ネットで拾った画像を引き伸ばして加工したものが何枚も壁に貼られている。

(何度見ても、うげ～って感じ)

これが原因で目をつけられたのなら、兄の言うことをおとなしく聞いておけばよかった、とつくづく思う。今更後悔しても遅いが、本心から木陰は後悔した。可愛いとチヤホヤされて、ちょっといい気になっていた罰が当たったのかな、となんだか悲しくなってくる。

(もともとは、弓を止めて元気のなかった葵兄さんをなんとかしようって、陽と相談して始めた女装だったんだけど。お母さんも気に入ってたし、けっこう評判になって神社の雰囲気も明るくなったから、うちの神様も喜んでくださっていると思ったんだけどな)

家へ帰りたい――ふと、強い衝動がこみ上げる。

叶うならタイムマシンに乗って、攫われる直前からやり直したい。そうしたら、今度は絶対に一人でゴミ捨てになんか行かない。社務所の裏手に人が潜んでいて、いきなり背後から口に布を押し当てられ、そのまま力ずくで鎮守の杜《もり》まで引きずられていくなんて夢にも思わなかった。

(杜を抜けた路地に、車が停めてあって……そこへ無理やり入れられて……)

後は、この部屋へ着くまで目隠しをされていたのでわからない。巫女なんて目立つ格好だし、誰も見咎《みとが》めなかったのかと憤慨するが、だいぶ陽が落ちていたので注意を払っていれば人目を避けられたのかもしれなかった。

(もし、このまま誰にも見つけてもらえなかったらどうしよう……)

ずっと考えないようにしてきたが、さすがに十日もたつと気持ちが挫《くじ》けそうになる。両親や葵、陽、そして冬真にも二度と会えないなんて、そんなのは絶対に耐えられなかった。これから一生、あるいは相手が自分に飽きるまで、この狭い部屋で女の子の振りをして過ごさねばならないかと思うと、どんなに気丈でいようと頑張っても知らず涙が滲んでくる。

(くそ、泣いちゃダメだっ。そんなの悔しい)

木陰は、ここへ連れて来られてから一度だって泣いたりしなかった。犯人に泣き顔を見せるのは癪《しゃく》だったし、泣いたって家へ帰れるわけではないからだ。けれど、ふと気が緩んだ隙《すき》に生まれた涙は、もう自分の意志では止められなかった。

(お父さん、お母さん。葵兄さん、陽――)

もしも無事に帰れたら、兄の言うことを聞いて金輪際巫女の格好なんかしない。普通の男の子のまま、神社の手伝いでもなんでもする。大人用のマンガも読まないし、葵と冬真の仲をからかったりしないいし、遅れた勉強はいっぱい補習を受ける。

だから、神様。

どうかお願いします。

僕を、家へ帰してください。

「ただいま、木陰ちゃん」

不意に、玄関の鍵が開く音がした。続けて機嫌のいい声が聞こえ、木陰は全身に緊張を漲《みなぎ》らせる。手足の自由が利かないため涙を拭《ぬぐ》うこともできず、自分を攫った相手が部屋へ入って来るのをただ待っているしかなかった。

「ごめんよ、遅くなって。バカな生徒がさぁ、いつまでも質問、質問ってしつこくて。今から焦ったって、もう遅いのにね。受験まで、あと何ヶ月だと思ってんだか」

いつものように独り言めいた呟きを垂れ流しつつ、彼はニコニコとこちらを見る。だが、次の瞬間その顔が驚愕に強張り、狼狽《ろうばい》しきって木陰の前へしゃがみ込んだ。

「どうしたの、木陰ちゃんっ！　なんで泣いてるの？　どこか痛いの？」

訊かれたところで、猿ぐつわをしているので答えることもできない。涙はもう止まっていたが、木陰は初めて明確な怒りを態度で示した。

「んんんっ！」

涙を拭おうと伸ばされた右手を、思い切り顔を逸らして拒絶する。これまで、下手に逆らわず従順にしていた分、木陰の反抗は相手を驚かせたようだった。

「木陰ちゃん……」

よほどショックが大きかったのか、それきり沈黙が訪れる。だが、木陰は構ってなどいられなかった。懸命に頭を巡らせ、どうしたらここから逃げられるか、それだけを必死で考える。体格で敵うわけはないし、相手を説得するのも無理だし、外部との連絡手段は何もない。そんな状況で自由を勝ち取るには、一体どんな方法が有効なのだろうか。

「駄目だよ、木陰ちゃん。暴れたって、もうどこへも行けないんだから。僕と木陰ちゃん、二人で仲良く生きていくんだから。だから……ほら、こっちを向いて」

「…………」

「木陰ちゃん、もう強情だなぁ。まぁ、巫女さんは気が強い方が僕は好きだけど」

「…………」

「木陰ちゃん！」

口調は明るかったが、相手はいきなり木陰の髪を摑むと、力ずくで自分の方へ向けさせようとした。ぐいっと乱暴に髪を引っ張られ、木陰は尚も頑固に抵抗する。その弾みでズルリとおかっぱのカツラがずれ、「うわあああああ」と奇妙な叫び声が部屋にこだました。

「何、これ！　なんで？　なんで髪が？」

半ばパニックに襲われながら、彼は右手に掴んだカツラを気味悪そうに放り投げる。木陰は内心（まずい）と思ったが、こうなったらもう開き直るしかなかった。わけがわからず取り乱す相手を、意を決して正面から睨みつける。

その瞬間、スッと相手の目から温度が消えた。

「もしかしてさぁ、君……」

「………」

「男の子なんだ？　何、女装して皆を騙してたの？」

「…………」

「じゃあさ、君と同じ顔した陽ちゃんも、ひょっとして男の子？　一卵性双生児って、確か異性にはならないんだよね？　二人して、僕を……僕たちを騙してたんだ？」

確かに、そのことは責められても仕方がないかもしれない。だが、だからといって攫っていいという理由にはならないし、木陰も謝る気は毛頭なかった。幸運なことに頭を振り回したお陰で猿ぐつわの結び目が解《ほど》け、ようやく声が出せるようになる。木陰は怯《ひる》むことなく相手を見据えると、「あのさ」と地声で話しかけた。

「わかったんなら、もう僕に用はないでしょ？　僕は普通の中学生だし、本当は巫女でもなんでもないんだから。がっかりするのはお兄さんの勝手だけど、そっちも大概なことしてくれちゃったんだし、おあいこだよね？　つうか、だいぶこっちが譲ってあげてんだけど」

「生意気な子だなぁ」

「そういう問題じゃなくない？　僕、すごく怒ってるんだから」

「うるさいっ。それは、こっちのセリフだ！」

突然、相手が逆上した。

彼は目を血走らせ、全身を怒りに震わせる。今にも木陰へ摑みかからんばかりに興奮しながら、声を裏返してまくしたてた。

「偽物の女装巫女とも見抜けないで、さんざんブログでおまえらの自慢した僕はきっといい笑い者だッ！　そう、国生あたりが嬉々《きき》として叩くだろうよ。いい燃料だからな！」

「国生……？　誰だよ、それ？」

知らない名前を出されても、木陰はキョトンとするばかりだ。だが、すでに相手は冷静さを失い、まともな会話など成立しそうもなかった。木陰が男の子だったのも衝撃だが、どうやらそれ以上に「ブログで恥をかいた」というのが屈辱の極みらしい。

「僕の巫女への審美眼は、誰より優れているはずなんだ。二次元からハマった国生なんか、邪道もいいところじゃないか。そんなあいつらでも、双子の美少女巫女と聞いたらいそいそと擦り寄ってきやがって。それなのに、男の子だったたって……？」

「そう……だけど……」

「言えるわけないだろう、今更ッ。どうしてくれるんだ、ええっ？」

「そ、そんなこと言われても……」

攫われて以来初めて、木陰は本気で身の危険を感じた。もはや、巫女ではない自分は相手にとって無価値なのだ。正直、ここまでショックを受けるとは想像していなかったが、バレてしまった以上はもう取り成しは利かなかった。

「――決めた」

ひとしきり激昂した後、唐突に冷めた声音で相手は言った。どうせろくでもない答えだろうと木陰は構え、来るべき危機に備えて深呼吸をする。

そんな様子をにんまりと見つめ、彼は不気味なほど静かな口調で宣言した。

「木陰ちゃんには、これから一生女の子として過ごしてもらう。もちろん、僕と一緒にね」

4

N区松山町、神田芳樹さん殺害事件。

犯人、新田賢治の供述。

「清め砂」というのを知っていますか、刑事さん。

神社仏閣の敷地内にある砂は、聖域の力を帯びて魔を祓う力があるんだそうです。ただ、そこにあるのは全て神様、仏様の持ち物ですから、たとえ砂一粒でも無断で持ち帰るのは感心しません。何か障りがあったとしても、泥棒したら文句は言えないでしょう。

だから、神社では特別に神主が祈禱した砂を「清め砂」として売っているんですよ。元はただの砂ですから、ボロい商売ですよね。元手はタダ、ご利益があるかどうかは、その時の運次第でも文句は出ません。信じる者は救われるって奴ですよ。

え、それは宗派が違う？　でも、神様ってのは根っこは同じなんじゃないですか？　俺には、よくわかりませんけど。何しろ、正月くらいしか神社なんて縁がないですからね。

神田芳樹さんとは、通販の配達で顔見知りになりました。

あの人は生活のほとんどをネットで賄っているんで、ほぼ毎日のように顔を合わせてましたよ。いい年して引きこもりってのはどうかと思いましたが、悪い人ではなかったです。人恋しいのか、打ち解けてくるとお茶なんか出してくれるようになってね。夏場は冷えた缶コーヒーが有難かったなぁ。同年代なんで、けっこう話も合ったしね。

そんなある日、相談されたんですよ。きっかけは、俺が配達した通販グッズでした。いわゆる『お祓いセット』みたいな代物で、どこぞの怪しげなＨＰから注文したらしいです。あんまり同じ会社からの荷物が続いたんで、つい気安さから言っちまったんですね。毎日、何をそんなにお買い求めになってるんですか、って。いや、もちろん普通はそんな余計な口はきかないですよ。でも、知人くらいの気持ちではいましたから。

そうしたら、神田さんが急に顔色を変えたんです。

俺を家の中へ強引に上がらせて、妙なことを言い始めました。数ヶ月前から、家に両親の幽霊が出るって。自分がいつまでも遺産を食い潰《つぶ》して働かないものだから、怒って出てきたんだろうって真剣な様子で言うんです。

ええ、すぐにピンときましたよ。神田さん、だいぶ頭をやられてるんだって。長年外部との接触を断って、ネットとテレビだけで過ごしてきたでしょう。彼の中に溜まっていった罪悪感が、きっと両親の幽霊って幻覚を見せてるんだろうな、とね。誰か家族が同居して、年がら年中責めるか何かしていたら、矛先はそっちへ向いたと思うんですよ。ええと、責任転嫁っていうんですか。でも、神田さんは一人暮らしで身寄りもいなかったしねぇ。俺は大して勉強はできなかったけども、これでも仕事を通していろんな人を見てきてるから。神田さんは心の病気なんだなぁと、気の毒に思いましたね。

でも、その時に知ったんです。あの人、そこそこ小金持ちでした。精神を病んでる人間の話をどうして真に受けたか、と言うんですか？　そりゃ、信じますよ。目の前に、現金の束を幾つも見せられたんですから。ざっと二千万はありました。他にも不動産とか通帳にも七百万くらいは入ってましたね。はい、それも神田さんが見せてくれたんです。これだけの金をただ食い潰してるから、親が怒っているんだと、確かそんなようなことをくり返していました。実際、神田さんには幽霊が見えていたんでしょうねぇ。哀れな人だと、思わず同情をしましたっけ。その時は、まさか自分が彼を殺すなんて夢にも思っていませんでした。

けどね、事情が変わったんですよ。

保証人になっていた友人の飲み屋が潰れて、夜逃げしちまったんです。俺は、たちまち借金取りに追われる身となりました。相手は高利貸しですから、どんだけ働いても利子に消えて、元金は一向になくならない。地獄みたいな日々が、容易に想像できました。

だから、思い切って神田さんに金を貸してくれと頼んだんです。彼は交換条件を出してきました。相当神経をすり減らしているのが、顔つきからわかりましたね。相変わらずお祓いグッズも通販していたし、妙な呪《まじな》いの書かれたお札をあちこち貼ったりもしていました。え、そんな物は残っていなかった？　それはそうですよ。交換条件というのは、それらを全部ひとまとめに捨てて欲しいということだったんですから。なんでも、最近読んだ本ではいろんな流派のお祓いを一緒くたに行うと逆効果で、却《かえ》って霊障がひどくなると書いてあったんだそうです。本当かどうかは知りませんが、神田さんは信じていました。どうしようとオロオロしている姿を見て、私は思いました。これなら、簡単に騙せるじゃないか。何も借りなくても、こいつから上手《うま》いこと金を巻き上げればいいんだって。

まずは今まで以上に信頼を得るため、お祓いグッズの一切を処分してやりました。そうしたら、安堵したのも束の間、今度は「清め砂」が欲しいと言い始めた。どこかのHPに、効果バツグンみたいな記事が載っていたらしいんです。だから、私はここぞとばかりに言ってやりました。砂なら、霊験あらたかなのを知っている。私がそこに買いに行ってあげてもいいけど、代金は少々高くつきますよ、と。

神田さんは神経症のようになってはいましたが、完全に理性を失っているわけじゃありませんでした。その神社はどこだ、本物なのか、としつこく訊いてきました。これは、私には想定外でした。あっさり騙せると思ったのは、甘い考えだったんです。仕方なく、配達区域の中にある一番古い神社の名前を思いつきで出しました。はい、それが高清水神社です。

あそこは規模は小さくても歴史があるし、それなりの風格もある。神田さんも隣町だから名前は知っていたし、とりあえず納得したようでした。偶然、彼が「清め砂」の知識を得たHPで高清水神社と思われる場所とそこで働く巫女さんが紹介されていたそうで、それも信頼を得る要素となりました。

でも、ちょっと調べればわかることですが、高清水神社で「清め砂」なんか扱っていないんですよ。お守りやお札はあるけど、砂はただの砂です。かといって、砂にかこつけて金をふんだくってやろうという気持ちはもう収まりがつきません。借金返済の期日も迫っていたし、私は内心かなり焦っていました。それで、やむを得ず境内の砂を持ち帰ったんです。本当は砂ならどこのでも構わなかったんですが、ちょっとは良心が残ってたんでしょうね。そうです、私は根っからの悪人ってわけじゃあないんです。言ってみれば、私だって借金さえ背負わなければ人殺しになんかならなかったんですよ。

最初は、神田さんも喜んでました。一回の砂が大体百グラムくらいで、値段は二十万くらいでしたかねぇ。でも、それで安眠が訪れるなら安いものじゃないですか。もともと、あの人は金に困ってるわけでもないんだし。なんだかんだで、十回くらいは砂を調達したと思います。毎日の配達のついでに、「はい」とビニール袋に詰めた砂を渡してね。傍目《はため》には、単なる配達人にしか見えなかったでしょうねぇ。

あ、でも境内の砂を持ち帰ったのは最初の一回だけでした。ちょっとは「清め砂」について調べましてね、無断で持ち帰るのは良くないとあったんで……そりゃあ、気にしますよ。身近で「幽霊、幽霊」って騒ぐ人がいるんですから。心の病だとわかっていても、気分は良くありませんよ。

結局、罰が当たったのかなぁ。神田さんが、何かの拍子に高清水神社で「清め砂」は扱っていないことを知っちゃったんです。ま、近くの神社のことですからね。いつかはバレると思っていたんですが、いかようにも丸めこめると私は彼を見くびっていました。

ところが、丸めこむどころじゃない。ある日、いつものように何食わぬ顔でそこらで掻《か》き集めた砂を持ってきた私に、神田さんはいきなり包丁で切りかかってきました。こっちは、腰が抜けるほどびっくりですよ。揉み合っているうちに、弾みで私の方が彼を刺しちまいました。神田さんは獣みたいにしばらく唸ってましたが、何度か刺したら直に静かになりました。

後は、警察の皆さんが言った通りです。返り血を隠して逃げるため、そこらにあった神田さんのジャンパーを盗みました。通帳や現金には手をつけてません。そんな余裕は、少しもなかったです。恐ろしいことになった、とそればかりグルグル考えました。

証拠品を、どうして高清水神社の杜へ捨てに行ったか、ですか。

いや、なんだか因縁を感じましてね。元はと言えば、あそこの砂をちょうだいしたことに端を発してますし、神田さんも執着してましたからねぇ。気休めに過ぎないんでしょうが、神域に置けば禍々《まがまが》しさが消えるような気がしてね。さすがに境内へ堂々と置いてくる勇気はなかったんで、こっそり裏手の杜へ……と思ったんですよ。だけど、すぐに馬鹿げた発想だと気づいて取りに戻りました。ところが、普段はほとんど人がいないのに、あの日に限って巫女さんがいてねぇ。悔やむというよりは、これが運命なんだと思いましたね。いつ警察が来るかと、捕まるまで生きた心地はしませんでした。逃げようにも、金も気力も尽きてたしね。

本当に、なんであのタイミングで巫女さんがいたんでしょうねぇ。しかも二人も。

え？　一人が行方不明？

いや、私は知りません。あれから、諦めてすぐ家へ引き返しましたから。

本当です。神様に誓って、本当に知りません。

落ち着け、冷静に考えをまとめるんだ。

木陰が消えた日、何があった？　誰と接触し、どんな会話をした？

そもそも、あの日に巫女萌えサークルの人間が押し掛け、騒ぎになったのは何が原因だ？

「麻績、いい加減に家へ帰って少し寝ろや。新田賢治が逮捕されて捜査本部は解散したんだし、少年事件課では木陰くんの捜査を継続してくれてるんだろ？」

「木陰がいなくなって、今日で十日になります。さすがに、これ以上日がたつと見つけるのは難しい。俺、約束したんです。葵に、必ず見つけるって」

「気持ちはわかるが、おまえここ三日ほどろくに寝てないじゃないか」

「寝られないんですよ。頭が冴《さ》えちゃって、どうしても」

一課のソファで仮眠を取ろうとしても、目を閉じるとろくでもない想像が浮かんできてしまう。葵の話によれば、陽はまだ「木陰は無事」と言っているそうだが、生きていればいいというものではない。長時間の監禁によるストレスが、幼い木陰をどれだけ苦しめるかと思うと、一刻も早くと気持ちが急《せ》いてしまうのは仕方がなかった。

「ん～……じゃ、せめて髭《ひげ》くらい剃《そ》ってこい。顔洗ってさっぱりすりゃ、脳味噌ももうちっと働くかもしんねぇぞ。おまえ、もともと頭はいいんだろうが」

「矢吹さん……」

日頃から身なりをほとんど構わない矢吹に言われるなんて、よほど今の自分は憔悴《しょうすい》しきったひどい顔をしているんだろう。冬真はすみません、と頭を下げると、忠告に従って洗面所へ向かうことにした。どのみちPCの前に座り込んでいたところで、新しい発想が出るわけでもない。

(木陰が消えた時間、境内に人気《ひとけ》はなかった。陽《ひ》も暮れ始めていたし、平日だったので双子目当ての参拝客もそうは来なかったらしい。特に、国生を中心とするサークルの連中が騒いでいたので、他の人間は長居をせずに帰ってしまったようだし)

洗面所の鏡に映る顔は、確かに疲れていた。それなのに目だけはギラギラして、なんだか自分ではない気がする。これじゃもう「ハンサム刑事」なんて呼ばれないよな、と胸で苦笑し、次の瞬間たまらなくなって声が出た。

「畜生ッ！　どこだよ、木陰！　どこにいるんだ、おまえは！」

陶器の洗面台を拳で叩き、己の力不足に激しく苛立つ。捜査は一人で行うものではない、と理屈ではわかっているが、それでも自分に咎がある気がしてならなかった。

『だけど、約束してくれ。もし、木陰の身に何かがあったとして、それを決して自分のせいにはするな。おまえに謝られたら、俺は……困る』

ふと、先日葵に言われた言葉が脳裏を掠《かす》める。冬真は勢いよく蛇口を捻《ひね》り、冷たい水で顔を乱暴に洗いながら、立ち去って行った恋人の後ろ姿を瞼に思い描いた。

（そう……だよな。俺、何を悲劇のヒーローぶってんだ。本当に辛いのは、葵たち家族の方じゃないか。それなのに、俺のことまで気遣ってくれて……）

咲坂《さきさか》家の三兄弟がどれほど仲がいいか、一番近くにいて冬真はよく知っている。誰より眠れず、不安な日々を送っているのは間違いなく彼らの方だった。

（しっかりしろ。頭を冷やして、原点へ立ち返るんだ）

よし、と気を取り直し、髭を剃ってきちんと身なりを整える。不思議なことに、そうするだけで矢吹のセリフではないが頭がすっきりしてくるようだった。

人は外見じゃない、と世間ではよく言うが、やはり見た目は重要だ。幸い容姿には恵まれているので、今の仕事に就いてからも使える時は利用させてもらっている。刑事、と聞くと本能的に構えたり警戒したりする人が多い中、冬真が愛想よく微笑むと態度を軟化させる相手も少なくはなかった。

(逆に、年配で癖のある人だと矢吹さんみたいなタイプの方が信用を得やすいんだよな。ほんと、見かけで態度を変える人間って多いよなぁ)

そうして、逆の意味でもそれは言える。

外見によって、本人の資質まで変化する場合だ。

たとえば——陽と木陰が、その典型だろう。

彼らは男の子にしては可愛い顔立ちだが、やはりその魅力が発揮されるのは巫女姿になっている時だ。一種ユニセックスな雰囲気が神秘的な巫女装束とぴったりそぐっており、単なる『可愛い子』が『美少女』となる。ミッコリーノこと岸川のブログでもその点を強調しており、だからT神社の双子巫女は貴重なんだと記事には書いてあった。可愛い、という形容は比較的誰にでも用いやすいが、美少女と呼んで許されるルックスはそう転がっていないのだ、と。彼は二人が男の子だとは知らないはずだから、ずいぶん鋭い考察だな、と冬真は少しだけ感心したのだった。

「……ん?」

ちょっと待て。

咄嗟《とっさ》に、自らへ警報を発する。

今、ほんの僅かだが何かが引っ掛かった。

何か――説明のできない、第六感のようなもの。

「まさかな。矢吹さんじゃあるまいし、俺はそういうタイプの刑事じゃ……」

すぐに気恥ずかしくなって笑い飛ばそうとしたが、どうにも胸がもやっとする。待てよ、と冬真は考え直し、もう一度どこに引っ掛かったのか思考を遡《さかのぼ》ってみることにした。

「陽と木陰を最初に見つけ、巫女萌えの奴らに紹介したのは岸川だ。彼の記事をきっかけに、興味を抱いた連中がこぞって高清水神社へ押し掛けた。中でも強烈だったのが国生の率いるサークルで、木陰が消える数時間前まで境内で騒いで葵に怒られていた――」

けれど、岸川の口ぶりでは彼は国生たちへ良い感情を抱いていない風だった。いつか何か問題を起こす、と不吉な予言をし、実際木陰はいなくなった。

「行方不明になった時、木陰は巫女姿だったんだよな。岸川の言う〝貴重な美少女〟だったわけだ。それなら、もしかして……木陰が巫女でいることに価値を見出《みいだ》している人間が、あいつを欲しがったっておかしくはない、か……？」

いやいや、待て。焦って発想を飛躍させたら命取りだ。

急いで己を戒めつつ、冬真は自分の考えを冷静に検討してみた。

「確かに、評判の美少女巫女へ執着する輩は存在している。国生たちが良い例だ。攫うほどとなると少々極端だが、もしそんな衝動にかられたとしたら、そこには絶対に外せない条件がある……」

その条件とは――冬真は握った拳に力を込める。

木陰が男の子だとは知らない人間、だ。

「そうだよな。だって、本物でなけりゃマニアには価値がないだろう？　木陰や陽の格好はいわばコスプレの延長みたいなものだし、カツラを取って口調を変えれば、いつだって男の子に戻っちまうわけだから」

双子が女装していることは、地元ではけっこう知られている。それを知らないのは、岸川のブログ経由で双子の存在を知った人間、その中でもマニア度の高い奴ならば、木陰か陽を欲しがる可能性はゼロではないのではないだろうか。

「ありえない話じゃない。だって、あいつらは……」

双子で美少女で巫女。

この三要素が重なる三次元のキャラとなると、そうそう容易くは見つからないはずだ。

「だけど、それだけで攫ったりするもんか？　人間だぞ？　アニメやマンガのキャラじゃないんだぞ？　まして、木陰はああ見えて小賢《こざか》しくて生意気で口が達者で……」

思い過ごしかもしれない。あるいは、偏見に過ぎないのかも。

けれど、洗ってみる価値くらいはあるんじゃないか――？

「矢吹さんっ！」

決心を固めるより先に、冬真は弾かれたように洗面所を飛び出していた。


「陽にも電話で確認しましたが、岸川に写真を撮られた時も、自分たちが本当は男の子だとは話していないそうです。向こうも疑ってはいないようだった、とのことでした」

「ふぅむ。要するに、ミッコを含めた巫女萌え連中の中に、コレクター精神が疼《うず》いて木陰くんを攫った奴がいるかもしれないと、そういうわけだな？」

「憶測にすぎないし、乱暴な推理かもしれません。でも、営利誘拐なら身代金要求があってもおかしくはないのに梨のつぶてだし、松山町事件の犯人の線は消えました。事故でもない限り、他に心当たりはもう……」

一課へ戻った冬真は、矢吹に自分の考えを打ち明けて早速意見を請うてみた。木陰の拉致は、彼が巫女であるが故に起きたものではないのかと。初めは「そんな幼稚な動機で人一人攫うかぁ？」と半信半疑だった矢吹も、自分が事件の聞き込みで話した何人もの連中を思い出すにつれて、次第に否定し難くなってきたようだ。

「ん……まぁ可能性はゼロじゃない、けどな」

実際、国生たちの相手をしたのは彼だ。その時も、連中は岸川に負けず劣らずのオタクっぷりを発揮して、矢吹を啞然とさせたのだという。まさに、人生を「理想の巫女追求」に捧げていると言っても過言ではなかったらしい。

「木陰は、中二の男の子にしては小柄です。犯人が成人男子なら、比較的楽に連れ去ることができたとは思えませんか。俺、もう一度彼らに話を聞いてきます」

「彼らって、国生やミッコにか？」

「一課の仕事じゃないって、言いたいんでしょう？　お叱りは後で受けますから、見逃してください。矢吹さんに迷惑はかけません」

「まぁ、ちょっと落ち着け、麻績」

スーツの上着を摑み、出て行こうとした冬真の右肩を矢吹が摑んで引き止める。

「矢吹さん、一刻を争うんですよ。お願いします」

「俺は万年ヒラだから、今更バツの一つや二つ構わない。けど、おまえは違うだろうが」

「え……」

「新人の間のペナルティは、後でどう響くかわかんねぇぞ。おとなしくしてりゃ、キャリアのおまえはエリートコース一直線だ。捜査上のミスなら取り成しがきいても、他部署の仕事に割り込んだとなりゃちょっと面倒になる。知っての通り、警察内は身内同士で張り合ってるからな。まして、手柄を横取りしたとあっちゃ……」

「そんなことは、どうでもいいんです！」

乱暴に矢吹の手を振り払い、冬真は声を荒げて遮った。自分のどこに、こんな熱い部分があったのかと驚きながら、それでも黙っていられなくて口を開く。矢吹の冷めた目が、試すようにこちらを見返していた。

「俺、前にも矢吹さんへ言いましたよね。警視総監になりたくて刑事になったんじゃないって。もちろん、正義感を振りかざす熱血刑事になりたいわけでもありません。ただ、少しでも手掛かりがあるなら、どこの管轄だとか誰のプライドだとか、そういうことを気にする前に動きたいだけです。それじゃ組織が立ち行かないと言われても、人の命がかかっているんですよ？　しかも、まだ子どもなんです。一分でも一秒でも早く助けてあげたいんです」

「そのために、キャリアを棒に振ってもか？」

「結果的にそうなるなら、やむを得ません。自力で、またのし上がります」

「…………」

「のし上がる、か。実に新人らしいフレッシュな意見だね」

突然、背後から柔らかな声がかけられ、ギョッとして振り返る。神出鬼没の葩島が、緊迫した空気を萎《な》えさせるような爽やかな笑顔で立っていた。

「でも、久々に僕は感動したな。特に、配属当初は愛想がない、可愛げないとさんざんな評判だった麻績くんの熱い部分が見られて得した気分だ」

「蓜島課長……」

「ねぇ、矢吹くん？　本当は、君だって率先して飛び出していきたいところだよね？」

「……うるせぇんだよ」

不意に話を振られた矢吹は、ボソリと口の中で毒づく。だが、蓜島は聞こえない振りをして、再び冬真へ視線を戻した。

「木陰くんは、葵の弟だ。僕にとっても、まったく縁のない子どもじゃない」

「…………」

「それに、陽くんは松山町事件の犯人逮捕に大きく貢献してくれたからね。ここは、警察としても恩はきちんと返さないと。だから――行っていいよ」

「え？」

「聞こえなかった？　行っていいよ、と言ったんだよ」

「課長……」

気のせいか、蓜島の声音が変わった気がする。何を考えているのか読めない、油断ならない紳士然とした彼ではなく、それは初めて聞く何の混ざり気もない純粋な音だった。

「あの、課長……」

「上の方へは、僕がなんとかしてあげる。まぁ、この手の取り引きは得意だから任せておいて。後々、ちゃんと貸しは返してもらうからね」

「や、でも……」

「ボンヤリしてないですぐ動く。ただし、一課としての仕事はちゃんとやること」

「あ、ありがとうございます！」

思いもよらない展開に戸惑いつつ、冬真は深く頭を下げる。時刻は、すでに夜の九時半を回っていた。ネットの住人にはまだ宵の口かもしれないが、急がないと聞ける話も聞けなくなってしまう。

幸い、国生も岸川も都内在住だ。冬真はメモした住所を頭へ叩きこむと、逸《はや》る心のままに全速力で駆け出した。


とりあえず、と残された矢吹が渋い表情で頭を掻く。

「あ〜、まぁ麻績の教育係として礼を言っとく。ちょっと意外だったけどな」

「何が？　僕が、便宜を図ってあげたことが？」

隣に立つ蓜島が、もう普段の微笑に戻ってそれに答えた。幸か不幸か一課の人間は皆帰宅したか出払っており、二人以外に室内には誰もいない。冬真に付き合って残っていた矢吹は急速に気まずくなって、早々に退散すべく自分のデスクへ向かおうとした。

「矢吹くん」

嫌な予感と共に、背中へ声がかけられる。

今度は何を言い出す気だろうと思いながら、矢吹はゆっくり肩越しに振り返った。

「はい、何すか、課長？」

「麻績くんの読みは、当たっていると思う？」

「どうですかね……聞き込んでみる価値はあるんじゃないすか。俺も連中としゃべってて、こっちの常識では理解しきれん情熱は感じましたよ。可愛い巫女さんを一人占めしたいって動機で攫うのも、ありえん話じゃない」

「そうか、良かった。結果を出してもらわないと、僕としても狡猾《こうかつ》な上司たちへ強く出られないからね。でも、正直言うと、僕の方が意外だったな」

「何が」

「麻績くんの話を聞いたら、君がまず飛び出していくかと思ったんだ。それが、〝出世に差し障る〟なんて言い出すんだから。僕の知ってる矢吹信次は、そんな冷静な意見を口にする男じゃなかったし。今回、子ども絡みの事件だしね」

「………………」

「ま、いいんじゃない。お陰で、麻績くんも逆に腹が据わったようだし」

一体、何が言いたいんだ、と矢吹は軽く動揺した。同時にひどくムカついて、蓜島の澄ました端整な顔を殴りつけたい衝動にかられる。しかし、無論そんな真似はせずに、せっせと帰り支度を始めた。

「おまえは……」

「え？」

それでも、やはり黙っていられず、よせばいいのに口が動いてしまう。

「さっきのおまえは、なんかアレを思い出した。まぁ、麻績の味方をしたっていうより、なんか腹ん中で企《たくら》んでのことだろうけどな」

「アレ？　アレってもしかして」

「なんだよ」

「僕が、一課へ配属された当初のこと？　君と組まされて、捜査に当たってた……」

「帰るわ」

くるりと振り返り、矢吹は強引に話を断ち切った。

すぐ目の前の蓜島は、些《いささ》か面食らったように黙り込み、複雑な表情でこちらを見ている。眼鏡のレンズに遮られてはいても、その目が物問いたげな様子なのはよくわかった。表情を読ませない彼にしては、実に珍しいことだ。

「……お疲れ様」

事務的に、彼はそう言った。笑うのを、忘れているようだった。

「お疲れ様です」

慇懃《いんぎん》に応え、矢吹はそのまま一課を出て行った。

冬真が先に向かったのは、国生昌也《まさや》のマンションだった。

場所は家賃相場が安めなT区のワンルームで、独身男の侘《わび》しさを感じさせる佇《たたず》まいだったが、本人はすこぶる輝いた瞳で明るく歓迎してくれた。

「いや〜、ついさっき本命を落としたとこなんですよ。あ、ゲームの話ね。ここんとこ、寝食忘れてましたからね〜。今、すっごい晴れやかな気持ちです。成し遂げた！　って感じかな。後は、いかにして彼女のテンションを上げていくか。なんせ巫女なもんで、なかなかにガードが堅くって。アプローチ間違えると、すぐお札貼られちゃうし」

「そ、それは難関ですね」

「ははっ。いいですよ、無理しなくても。どうせ、理解できねーって思ってんでしょ。刑事さん、男前だもんね。人生謳歌しちゃってるってオーラが出てますよ。このリア充！」

「は？」

唐突に意味不明な単語を叫ばれ、不思議の国へ迷い込んだような錯覚に陥る。この調子で矢吹とも話したのなら、相当な苦行だったことは想像に容易かった。

とりあえずどうぞ、と通された部屋は、意外なほどきちんと片付いている。巫女グッズや写真、イラストなども厳選されたものだけが飾られており、月に二回、定期的に取り替えるのが楽しみなのだと言う。

（ざっと見たところ、子どもを隠しておけそうな場所は……）

コレクションを観賞する振りをして、冬真は素早く室内に目を走らせた。ワードローブ、ベッドの下、カーテンが開いたままの狭いベランダ。念のためトイレを借りてみたが、ユニットバスの空間には空の浴槽以外隠れられそうな場所は皆無だった。

「ねぇ、刑事さん」

落胆してトイレから出ると、国生が無邪気な様子で尋ねてくる。

「電話では聞きましたけど、僕らが高清水神社へ参拝に行ったこと、何か問題にでもなってるんですか。なんか、眼鏡かけた人にやたら怒られたけど……」

「彼は、あの神社の禰宜です。巫女さんたちのお兄さんですよ」

「マジですか！　チクショーッ」

国生は俄然色めきたち、鼻息も荒く地団太《じだんだ》を踏んだ。何かの比喩ではなく、冬真は生まれて初めて本当に「地団太を踏んで」いる人間を目《ま》の当たりにした。

「双子の巫女が妹だなんて、現実にそんなオイシイ奴がいるんですね。いいなぁ。きっと、〝お兄さま〟なんて呼ばれてるんだろうなぁっ」

「ええ、まぁそんな感じで……」

葵が見ていたら蒼白になって落ち込みそうだと思いつつ、曖昧な笑みでごまかす。

警察の資料によると国生は二回目の大学三年をやっている学生で、二浪しているので現在は二十四歳だ。しかし、趣味に没頭した生活をしているせいか見た目は年齢不詳だし、外見もあまり構ってはいない。明らかに運動不足と思われる身体つきや、常にうすら笑いを浮かべている口元も手伝って好青年とは言い難いが、口を開けば案外に気さくな性格だった。

(これなら、岸川辺りより話しやすそうだな)

冬真がそう判断したのには、理由がある。

岸川は、対応にソツがなさすぎて作為的な壁を感じるのだ。本来の人格を押し殺して演技をしている――そんな風に思えなくもない。

(その点、国生は良い言い方をすれば開けっ広げだもんなぁ)

己の欲望や好奇心に従順で、好きな道を突っ走っている国生に比べると、岸川には少し他人を見下すようなところを感じた。表面的には小市民を装いつつ、自分は特別だと思っていそうな、とでも言えばいいだろうか。特に「身バレしたら困る」と話していた顔は、言葉とは裏腹に「双子の巫女を見つけたのは自分だ」と高らかに言いたげだった。

「え、ミッコリーノさん？　いや、個人的な付き合いはないですけど」

冬真から話を振られると、国生は困惑気味にそう答える。どうやら、こちらも彼には思うところがあるようだ。

「なんかねぇ、自分よりものを知っていたりコネを持っていたりする人を、異様にライバル視するんですよね。負けず嫌いの最上級。気に入らない相手を論破するのが趣味みたいな、少し面倒な人だと思いますよ」

「ブログでは、よく国生さんたちと衝突したと聞いてますが」

「巫女に関しちゃ、やっぱり皆も気合いが違いますからね。意見はしょっちゅうぶつかります。でも、高清水神社の巫女さんに関しては脱帽しましたよ。三次元でよく見つけてきたもんだと、僕らの間でも評判でした。彼、お宝への嗅覚は優れてるんですよね」

「お宝……ですか」

「巫女関連のコレクションも、噂によると相当なものらしいですよ。なんせ、専用のトランクルームを借りてるって話ですから。筋金入りの巫女オタクです」

「…………」

国生に太鼓判を押されるとは、かなりのツワモノなのだろう。これは、すぐにでも岸川の元へ向かってみなくては、と冬真は心の中で思った。

(そういえば、岸川は捜査本部の刑事を部屋へ上がらせなかったんだよな)

松山町の殺人事件について、被害者がアクセスしていたＨＰの管理人として捜査員が話を聞きに訪ねた際、岸川は「自分が警視庁へ出向く」と強硬に突っぱねたのだ。いきなり電話をかけて夜の訪問に来た冬真を、愛想良く中へ招き入れた国生とはこれまた対照的だ。

（いや……ちょっと待てよ）

ふと、ある考えが閃《ひらめ》いた。あの時は好奇心旺盛なオタク青年を気取っていたが、もしかすると彼の本来の目的は別にあったのだとしたら。

（そう、たとえば単に捜査員が部屋へ入ったら困るようなことがあったから、とか……）

心臓が、大きく音を立てた。

逸る鼓動は早鐘のように鳴り響き、冬真の胸に微《かす》かな希望が生まれる。

「あのぅ、刑事さん」

「はい？」

すぐにでも飛び出していきたい気持ちを抑え、国生の方を振り返った。おそるおそる声をかけてきたので何かと思ったら、彼は気まずい様子でデジカメを手に持っている。

「さっきの話なんですけど、実は隠していたことがあってですね……」

「隠していたこと？」

「黙っておこうかと思ったけど、後々になって何かトラブルになったら困るんで正直に白状します。だから、できればお咎めなしの方向でよろしくお願いしたいんですが」

「………」

なんだろう。

この期に及んで、国生は何を白状しようというのだろうか。

「これです」

神妙な顔つきで差し出された画像に、冬真は思わず我が目を疑った。


コールの一回目が終わらないうちに、すぐ電話に葵が出た。多分、携帯を肌身離さず持っているのだろう。聞こえてくる声は、希望と絶望の入り混じった緊迫したものだった。

『麻績か？　どうした、何かわかったのか？』

「ああ、たった今、国生のマンションから出てきたんだ。矢吹さんへも連絡した」

夜道を急ぎ足で歩きながら、早口で冬真は答える。大通りへ出てタクシーを捕まえたら、帰宅途中だった矢吹を途中で拾っていく手筈になっていた。

『国生？　国生って……』

「おまえが境内から追い出した、アニメサークルの人間だよ。ちょっと太めで、髪を後ろで縛ってた年齢不詳の……覚えてるだろ？」

『そういえば、連中の代表みたいな口をきいていた奴が……』

「そいつのマンションから、出てきたところなんだ。いいか、落ち着いて聞いてくれ」

『………』

この前のように取り乱したりはせず、葵はそのまま押し黙る。冬真に言った「信じる」という言葉には、ひと欠片《かけら》の嘘も混じってはいないのだ。非常事態にも拘《かかわ》らず胸に温かなものが流れ、それは葵への愛しさへと形を変えた。

「彼らが撮影した木陰と陽の画像だけど、おまえは全部削除させたと言っていたよな？　ところが、国生はおまえの目を盗んで数枚だけデジカメのデータを消さずにいたんだ」

『なんだって？』

「もちろん、咄嗟のことだったんで選んでいる暇はなかった。とにかく、撮りまくったうちの数枚でも手元に残れば、という気持ちだったんだそうだ。あくまで自分だけのコレクションでネットには一切あげてないし、友人にも送ってないと言っていた」

電話口で、微かにホッと息を漏らす音がする。この上、新たな問題まで起こったらたまらない、と思ったのだろう。冬真は少し間をおいてから、おもむろに続けた。

「その画像を、見せてもらったんだ。そこに、意外な人物が写っていた」

『意外な……人物……？』

「岸川祥太郎。聞き覚えないか？　木陰と陽をブログに載せた管理人だ。そいつが、小さく写り込んでいた。木陰が消える、数時間前の画像に」

『え……』

今まで注意すら払っていなかった名前に、葵は戸惑いを隠せないようだ。無理もない、と冬真も思い切り溜め息をつきたくなった。

ブログの管理人なら当然巫女好きだろうし、木陰たちとも顔見知りなので、境内へ現れても何ら不思議はないように思える。たまたま国生のファインダーに入ってしまったのだろうと、普通ならさほど問題にしないところだ。

（けど、そうじゃない。そうじゃなかったんだ）

警視庁で彼と対面した時、岸川は「ブログに紹介して以来、神社には行っていない」と話していた。オタクの嫉妬は怖いからと。そんな嘘を、どうしてつく必要があったのか。

「おまけに、写っていたのはその日だけじゃないんだ」

『どういう意味だ？』

「実は、サークル連中の予定が合わなくて、ブログに紹介されてから実際に神社に行けたのは一週間近くたってからだそうだ。だが、国生はどうしても我慢できなくて、抜け駆けしてこっそり何度か行っては、木陰や陽を盗み撮りしていたんだと」

『なんだと？』

盗み撮り、という言葉に、葵の声が険しくなった。電話口の向こうでこめかみに青筋をたて、射殺すような眼差《まなざ》しになっている姿まで容易に想像ができる。冬真は「気持ちはわかるけど、とりあえず落ち着けって」と苦笑いを堪《こら》えて宥めにかかった。

「盗み撮りだったのは、双子に顔を覚えられて、サークル連中に抜け駆けしていたとバレるのはまずいと思ったからだ。他意はないと謝ってたから、厳重注意して今回だけは目を瞑《つむ》ったよ。どのみち、証拠品としてデジカメや携帯ごと引き取ってきたしな。それに……まぁ結果論だが、彼が撮っていた画像のお陰で俺も確信が持てたんだ。岸川が怪しいって」

『つまり……国生が神社へ来ていた時は、大抵その岸川って奴もいたわけか』

「そう。日付は違うが、数枚に岸川と思《おぼ》しき青年が写っている。いずれも、鑑識に回せば確認が取れるはずだ。だけど、おまえ双子からそんな話は聞いてないだろ？　ブログの管理人がまた会いに来た、とかはさ。実際、写ってるのもほんと遠目だったり、半分切れてたり、早い話が向こうは身を隠して様子を窺っている感じのものばかりだった」

『どういうことだ……』

　予想もしていなかった人物の浮上に、葵は混乱しているようだ。だが、これで、雲を摑むようだった木陰の行方に、一筋の光明が差したのは間違いなかった。

「どうもこうもないさ」

　葵を力づけるため、冬真は殊更はっきりと断言する。

「岸川は、気掛かりだったんだろう。自分が見つけたお宝――巫女たちが、予想以上の反響を呼んでどんどん人気者になっていく。初めは皆に自慢したいだけだったのに、いつしか共有するアイドル化してきている――それが面白くなかったんじゃないかな」

『そんな……そんな理由で木陰を攫ったって言うのか？』

「オタクの嫉妬は怖いんだと。岸川本人が、図らずも自分でそう言っている」

『……理解できない……』

葵が、心底呆《あき》れた様子で絶句した。

冬真はその隙にタクシーを止め、シートへ滑り込むと同時に行き先を告げる。岸川の住むマンションまで、車を飛ばせば三十分で到着できるだろう。まだ令状を請求できる段階ではないため任意になるが、木陰が彼のマンションに監禁されている確率はかなり高かった。できればなんやかや口実を設け、強引に踏み込んでしまえないかと冬真は考える。

(やっぱり、矢吹さんに連絡したのは早計だったかな。下手したら処罰ものなのに、巻き添えを食らわせてしまうかもしれない。せっかく、忠告までしてくれたのに……)

蓜島も揶揄《やゆ》していたが、矢吹の性格なら冬真の話を聞くなり腰を上げていたはずだ。それなのに、あえて先輩の顔を保ち、冬真の暴走を止めようとしてくれた。それは、彼が冬真の将来を慮ってくれたからに他ならない。

(……いや。でも、もし俺が遠慮して単独で動いていたら、矢吹さんはきっと怒るな。そんなに俺を頼りにしてねぇのかって、セリフまで浮かんできそうだ)

現に、電話で国生の話を伝えたら即座に「行くぞ」と言ってきた。打てば響くような反応に、冬真は柄にもなく感動したほどだ。

『麻績? おい、聞いているのか、麻績?』

「あ、ごめん。大丈夫、聞いているよ。今、タクシーに乗った」

『そうか。これから向かうんだな、岸川って男のところに』

「ああ」

『そこに、木陰がいる可能性は高いんだな？』

「俺は、そう確信している」

ぬか喜びさせてはいけないが、言霊《ことだま》を頼りに冬真は肯定した。

そうだ、木陰はきっと見つかる。

見えなかったトンネルの出口は、きっともう目前に来ている。

『俺も……』

微かなためらいはあったが、次の瞬間、葵がきっぱりと言い切った。

『俺も、そこへ行きたい。麻績、お願いだ。俺も同行させてくれ』

「葵……」

『家でジッと報告を待ってなんかいられない。父も母も憔悴しきっていて、家の中では陽がなんとか元気づけようと懸命に明るく振る舞っている。だけど、あいつだって一人の時は泣いているんだ。それなのに、俺はどうしてやることもできない』

「…………」

『頼む、麻績。俺に場所を教えてくれ。これから、すぐ支度をする。捜査の邪魔は、絶対にしないから。お願いだ、麻績！』

必死に懇願され、冬真の心は激しく揺れる。葵が無茶を承知で同行を願い出た、その気持ちは痛いくらいによくわかるからだ。できることなら、周りから職権乱用と言われようと葵を伴い、救い出した木陰とすぐに会わせてやりたい。

けれど。

(——駄目だ……)

気の毒だが、それはやはり無理な相談だった。

現場には常に危険が付きものだし、もし岸川が本当に木陰を攫った犯人なら、追い詰められて逆上しないとも限らない。そんな場所へ、どんなに熱心に頼まれようと葵を連れていくわけにはいかなかった。

「悪い。葵、今夜は家で待っていてくれ。必ず、状況がわかり次第連絡をする」

『麻績……』

「いいか？　くれぐれも、勝手な行動はするんじゃないぞ。向こうには、木陰くんというといわば人質がいるんだ。下手に刺激をしたら、木陰くんの身まで危うくなる」

『……わかった』

溜め息混じりの呟きが、今にも消えそうな感じで聞こえてきた。最初から要求が通るとは思っていなかったのか、存外素直に葵は引き下がる。冬真はそんな彼を痛ましく思い、頭の中で何か気の利いたセリフはないかと考えたが、結局は何も言えずじまいだった。
電話を切り、シートへ深く背中を埋める。
ハンサム刑事、と人懐こく笑う木陰の顔が、流れる窓外の景色に浮かんでは消えた。

木陰の事件は、本来は防犯部少年課の管轄だ。身代金要求がないため誘拐事件としての取り扱いはなく、証言や証拠類が不充分なので監禁等の疑いはあるものの立件は難しい。要するに現行犯で逮捕しない限り、事件に名前がつけられないのだ。それ故、事件の性質がはっきりするまでは少年事件課が『家出』と『事故』の両面から動くのが原則となっている。そこへ刑事部捜査一課の人間が首を突っ込むのはテリトリーを侵す行為に他ならず、その点を上層部から問題視されるのでは、と矢吹は懸念してくれたのだった。

「だけど……」

乗用車の運転席に身を潜め、冬真は苦笑いを交えて溜め息をつく。

「何も、矢吹さんまで付き合わなくて良かったんですよ。せっかくの有休を、こんなことに使うなんて。そうだ、娘さんに会いに行ったらどうですか。ここは、俺一人でも……」

「自分の娘の顔を見るために、他人の子どもを見捨ててか？　ばーか、そんなことができるくらいなら、俺はそもそも離婚なんかしてねぇんだよ」

助手席から頭を小突かれ、すみません、と笑い返す。

一昨日の晩、確信を抱いて岸川のマンションを訪れた。十中八九、木陰はそこに監禁されていると踏んで、僅かな嘘やごまかしも見逃さない気構えで向かったのだ。

けれど――予想に反して、木陰はいなかった。

「岸川が木陰を攫った犯人なのは、間違いないと思うんです。物的証拠は何もないけど、俺はそう確信しています。まさか、先手を打たれて余所《よそ》へ移されるとは思いませんでしたが」

「じゃあ、麻績はもともと自宅に監禁されていたって思ってるんだな。そいつは、刑事の勘ってヤツか？　そうなら、おまえも変わったよなぁ」

「矢吹さんの言いたいことは、わかりますよ。根拠のない思い込みじゃ捜査はできない、そう俺は信じてきましたから。今だって、本当はそう思ってます」

「ふんふん？」

「だけど、僅かでも疑わしい部分があるなら、まずそこから潰していかないと。どうせ、他に手掛かりはもうないんですから。それに……」

半ば強引に岸川の部屋へあがらせてもらい、彼以外の人間がどこにも隠れていないことを確かめさせてもらった、あの時の光景を冬真は瞼の奥で蘇《よみがえ》らせる。

「急がないと、岸川はまた木陰をどこかへ連れて行きそうな気がします。警察が目をつけたとわかった以上、自分と関係がありそうな場所にいつまでも監禁してはおけないでしょうから。下手に追い詰めたら、最悪な選択をするかもしれないし」

「そうだな。時間がないって意見にゃ、俺も賛成だ。一両日中にでも片をつけねぇとな」

「はい」

「それには、葩島の野郎がどう動くかだな。悔しいが、これぱかりはヒラじゃ無理だ」

「……ええ」

矢吹の言葉に真剣な面持ちで頷き、マンションのエントランスへ目を凝らす。昨日一日、ある情報を伴って葩島にさんざん掛け合った。その結果、今朝から矢吹と二人で有休を取って岸川のマンションに張り込んでいるのだ。同僚に顰蹙《ひんしゅく》を買いながらではあったが、しかしもう他には手立てがなかった。

「憶測だけじゃ、組織は動いてくんねぇからなぁ」

コンビニで買ってきたおにぎりにかぶりつきながら、矢吹が渋い顔をする。捜査の一環としての張り込みなら交代要員がいるが、これはあくまで自主的な行為なので仲間を頼るわけにはいかず、正直矢吹が一緒なのは本当に有難かった。

（一人じゃ食事の調達はおろか、トイレにも行けないもんな）

だからといって、まさか葵に頼むわけにはいかない。

岸川のマンションが空振りだったと聞いた時の葵の激昂ぶりを思い出し、冬真は、改めて溜め息をついた。電話で連絡をした後、心配だったので直接神社へ寄ったのだが、無理のないこととはいえ葵の怒りと落胆はかなり激しかったのだ。

『いない？　いないってどういうことだ？　今度こそ、確実じゃなかったのか？』

冬真の話を聞くなり、葵は蒼白になって詰め寄ってくる。気負いこんで岸川のマンションを訪ねたまでは良かったが、またしても木陰を見つけることができなかった。そう説明をした途端、彼の全身に怒りが滲む。家族に話を聞かれたら無駄に刺激してしまうので弓道場まで出てきてもらったのだが、葵は大声を出すことにもためらいがなかった。

『いい加減にしてくれ！　一体、何度空振りすれば気が済むんだ！』

『……ごめん』

『岸川が怪しいのは、間違いないんだろうっ？　マンションにいないなら、木陰はどこなんだっ。なぁ、麻績。そいつを捕まえて、尋問することはできないのか？』

『…………』

憶測の域を出ない以上、何か別件で引っ張れるネタでもない限り、岸川を連行することは非常に難しい。任意を求めたところで同意するわけがないし、現状は八方塞がりだった。

だが、それを今の葵へ伝えるのはあまりに酷だ。

返す言葉もなく唇を嚙み締める冬真を見て、葵はふと我に返ったようだ。先刻の激昂はたちまち影を潜め、彼は弱々しく『……すまない』と項垂《うなだ》れる。

『麻績、おまえは頑張ってくれている。今のは、ただの八つ当たりだ。本当にすまない』

『葵……』

『悪いが、今夜はもう帰ってくれ。一人になって、俺も少し頭を冷やしたい。おまえの前だと、どうも弱くなる。あんまり、こんな姿は見せたくないんだ』

『……そうだな』

葵のプライドを考えれば、それはもっともな言い分だった。冬真は歯がゆさを抱いたまま神社を後にしたが、意外にも参道を歩いていた時、陽が後を追いかけてきた。

『待って、麻績さん！』

『陽、どうした？』

『弓道場で、葵兄さんと会ってたんでしょう？　僕、外で少し聞いてたんだ』

『………』

『それでね、あの、岸川って例のブログの人だよね？』

息を弾ませ、どこか急いた表情で陽が尋ねてくる。木陰が消えてからずっと沈み込んでいたので、こんな生気に溢れる顔を見たのは久しぶりだった。

『麻績さんに、ちょっと相談があるんだけど――』

『相談？』

『うん』

陽の真剣な眼差しが、新たな希望の火を灯《とも》す。

今度こそ、と祈りにも似た思いで、冬真は彼の話へ耳を傾けた。

（それにしても、葵はおっかなかったよな。なんか、もともと怒ると迫力がある奴ではあったけど、本気で視線だけで人を殺せるんじゃないかと思ったぞ）

それだけ、怒りも悲しみも深かったのだろう。

無論、葵は冬真たちに怒ったわけではない。木陰の行方に関係しているにも拘らず、尻尾《しっぽ》をなかなか摑ませない岸川へ憤慨していたのだ。いや、あれは憤慨などという生易しいものではない。彼が現役選手なら、弓を持ち出して殴り込みにいきそうな勢いだった。

（まぁ、引退したとはいえ武道の選手が、そんな物騒な真似はしないだろうけど……）

そこまで胸で呟いた瞬間、冬真はありえない幻を見る。

弓巻きに包んだ二メートルほどの弓を抱え、葵によく似た人物がマンションへ入っていく光景だ。思い詰めた横顔は一切を寄せ付けない厳しさに縁取られ、簡素な白いシャツに綿のパンツという地味な出《い》で立ちを一種侵し難い雰囲気に作り上げていた。

「おい、麻績……やべぇぞ、止めろ」

「え？」

「え、じゃねぇ。おまえ、寝ぼけてんのか？　早く、禰宜さんを止めろっ！」

矢吹に耳元で怒鳴られて、ようやく今のが現実だったことに気づく。まさか、と即座に否定しようとしたが、その間に葵の姿はマンションの中へ消え、矢吹が大きく舌打ちをして車から飛び出そうとした。

「矢吹さんっ！」

「おまえも早く来いっ。禰宜さん、ヤバい目してたぞ！」

駆け出す彼を慌てて追いかけ、冬真は（嘘だろう）と何度もくり返す。冬真自身、柔道と剣道の段持ちだが、それ故に身に付いた力を攻撃に転じる危険性はわかっていた。何より、そんなことをしたら本人が自分に負ける。どんな状況であろうと、他人を傷つけるために行使してはならない力だし、そんなことは葵の方がよく知っているはずだ。

（葵、おまえ……そこまでして……）

傷害事件の際に負った傷は葵の右手を傷つけ、弓を引けなくした。それでも、心に迷いが生じた時の彼は今でも弓道場に立つし、心の拠《よ》り所として大切にしている。

（それを、おまえは犠牲にするのか。二度と弓に触れない覚悟で、こんな……）

警察は当てにならない、と葵は判断したのだ。正規の手順を踏んで捜査を進めていたら、もう間に合わないかもしれない、と。そこまで思わせた己の不甲斐《ふがい》なさを憎み、走りながら冬真は叫び出したくなった。

「葵ッ！」

エントランスへ駆け込むと、エレベーターの前で矢吹が被《かぶ》りを振る。見れば、移動を示す点滅は上の階へ向けて動き出していた。直前で間に合わなかったと悔しそうに矢吹は吐き捨て、すぐに階段へと向かう。このマンションにエレベーターは一基しかなく、待っている余裕はないと判断したのだろう。

「岸川の部屋、六階だったなっ。くそ、十歳若けりゃ楽勝なのによ！」

「矢吹さん、下で待機していてくださいっ。俺、行きますから！」

「おまえ一人で、禰宜さん止められるのかっ？」

階段を駆け上がりながら、冬真は複雑な思いで黙り込んだ。和弓は近距離用の武具ではないが、弓矢を向けられれば大抵の人間は身が竦《すく》むだろう。もちろん、致死に至る傷だってつけられる。問題なのは、葵が本気で殺すつもりでいるのかどうかだ。

（葵、バカな真似はするなよ。頼むから、思い留《とど》まってくれ！）

六階へ着く頃には、さすがに息が上がって膝が震えていた。遅れて矢吹がぜぇぜぇと追いつき、二人は気力を振り絞って廊下の突き当たりにある岸川の部屋を目指す。平日の昼間のせいか、奇妙な静けさが周囲を包み込んでいた。

――と。

「葵ッ！」

ドアの前に佇み、弓巻きを解いている姿を目にするなり、冬真は力の限り叫ぶ。葵はハッとしてこちらを振り返り、すぐさま顔を強張らせた。弾みでその手から弓が滑り落ち、廊下へ音を立てて倒れる。駆け寄る冬真の目の前で、葵は「来るな！」と身じろいだ。

「なんで邪魔をするんだ。麻績、おまえは俺の気持ちをわかってるんだろうっ」

「わかってるよ！　だから、邪魔するんだ！」

「どうして……」

不意に、激昂が鎮まった。

葵は震える唇を噛み、やるせない瞳でこちらを見る。深い決意を秘めた表情は、どんな言葉でも翻意させられそうにはなかった。

「麻績、すまない。だけど、もう俺は待っていられない」

「葵……──」

「どんな罪に問われてもいい。それで、木陰が助かるのなら。だけど、このまま何もせずにいたら、もう二度とあの子は帰ってこないかもしれないんだ。そうだろう？」

「…………」

「……見逃してくれ」

「できるかよ！」

弓を拾おうと右手を伸ばした葵へ、なりふり構わず冬真は駆け寄った。彼の肩を摑んで思わず詰め寄ると、間近で視線が交差する。葵は怯んだように数回瞬きをし、言葉を失ったかのように何も言わなくなった。

「おまえ、俺を信用するって言ったよな？」

「…………」

「何度も空振りが続いて、その気持ちが揺らいだか？　人に弓を向けようと思い詰めるほど、もう俺のことは信用できないか？」

「そう……じゃない……」

弱々しく何度も首を横に振り、葵は黒目を滲ませる。ひどいことを言っているのは、冬真も自覚していた。弟が危険に晒《さら》されているのに、警察は一向に犯人へ近づけない。こうしている間にも何が起こるかわからないのに、それを止める手立てさえないのだ。葵が焦燥感に駆りたてられ、ここまでやってきたのは無理もない行動だった。

「おまえが、木陰を心配する気持ちはわかる。だけど、そのためにおまえが弓で人を殺《あや》めようとするほど思い詰めたと知ったら、あいつはきっと一生自分を責めるぞ？」

「麻績……」

「陽も木陰も、おまえが弓を引けなくなったことをひどく気にかけてた。あいつら、おまえの弓を射る姿が好きなんだ。そうだろう？」

俺だって、と心の中で続ける。矢を番《つが》え、構えたところまでしか見たことはないが、それでも立ち姿の美しさ、凛《りん》と張り詰めた緊張感は、記憶にしっかり焼きついている。まして、葵は禰宜なのだ。神に奉仕する立場でありながら、たとえ一度でも人へ殺意を向ければ、もう神職など続けていけなくなる。

阻止する——絶対に。

葵に、人を憎ませては絶対にいけない。

「うるさいなぁ。一体、なんの騒ぎですか？」

突然、ドアが開き、不機嫌な声の岸川が顔を出した。だが、冬真や葵、そして廊下に転がる弓を目にした途端、その顔色が蒼白になる。彼は瞬時に何があったか悟ったらしく、「ひ……っ」と短く声を漏らし、アタフタと再び部屋へ引き返そうとした。

「はいはい、ちょっと待ってくださいよ」

すかさず矢吹が前に出て、閉めようとしたドアに右手をかける。彼は愛想のいい笑い顔を岸川へ向け、国生の撮った写真をトランプのように目の前へ突き出した。

「岸川祥太郎さん、あなたにストーカー被害の訴えが出ています」

「ス、ストーカー？　この間は監禁容疑で、今度はストーカーですか？　ちょっと、いい加減にしてくださいよ。大体、誰が撮ったんですか、この写真。肖像権侵害で、こっちこそ訴えてやりますよ。あ、これ高清水神社でしょう。だったら、犯人は国生ですね。あいつ、巫女目当てにこっそり隠れて撮ってたんですよ。刑事さん、あいつは本物の変態です。野放しにしてちゃ、危ないと思いますよ。だから、僕はこの前も気をつけるようにって」

「そういうあんたは、ここで何してたんですか」

「え、いや、つまり……あいつらから、巫女さんを守らなきゃいけないでしょう？　僕がブログに載せたのが原因なんだし、責任がありますからね。陰ながら見守って……」

「嘘を言うなッ！　おまえが……おまえこそ……ッ」

カッとなった葵に怒鳴りつけられ、岸川はビクッと硬直する。待て、と興奮しかけた葵を押し留めようとした時、不意に上着の内ポケットから冬真の携帯が鳴り出した。

「――来た」

瞬時に、全身へ緊張が走る。

矢吹と顔を見合わせ、軽く目配せをした後、冬真は素早く電話に出た。

『もしもし、ハンサム刑事《デカ》？』

思った通り、耳に飛び込んできた声は陽のものだ。だが、聞き慣れたその呼び方に冬真はハッとする。何故なら、彼は躊躇なく「ハンサム刑事」と言ったからだ。

『あれは、木陰と二人で付けた仇名《あだな》だもん。あいつが帰ってくるまで封印する』

確か、陽はそう言っていた。それなのに、呼び名が復活している。

希望が溢れ出そうになり、まだ半信半疑のまま冬真は短く深呼吸をした。異変に気づいた葵がこちらを向き、戸惑った様子で（どうした？）と問いかけてくる。すぐに答えたいのは山々だったが、それより先に事実を確認せねばと冬真は再び電話へ戻った。

「陽、もしかして……ビンゴか？」

『そう！　木陰、見つけたよ！』

「本当かっ？」

思わず、声が引っくり返りそうになる。落ち着け、と自分へ言い聞かせ、跳ね上がる鼓動を懸命に宥めながら、冬真は矢吹に向かって大きく頷いた。

「よっしゃあああっ」

直後に、矢吹が歓声を上げる。何がなんだかわからない葵と岸川は、狐につままれたような表情でそんな自分たちを交互に見つめていた。

「ありがとう、陽。それで、どうなんだ？　木陰は無事なのか？」

『うん、大丈夫。さすがに、ちょっとぐったりしてるけどね。大体、助けられた後で木陰、僕に何て言ったと思う？　〝お風呂、入りたいよ〜〟だよ？』

「そうか……」

その一言で、木陰が心身ともに無事なのがよくわかる。思わず涙が滲みそうになり、冬真は慌てて手の甲で拭った。

『あ、ちょっと待って。蔵島さんが代わるって』

「わかった」

緩みかけた気を引き締め、続けて場違いなほど穏やかな蔵島の声に耳を傾ける。

『もしもし、麻績くん？　岸川の見張り、御苦労さま。お陰で、こっちは心置きなくトランクルームの探索ができたよ。今から、木陰くんは病院へ連れていく。一応、検査はしないとね。それが済んだら、お望み通りバスタイムにしてあげるから』

「蓜島さん、今回は本当にありがとうございました。物的証拠もないのに無理を聞いてくれたこと、心から感謝しています。それに、陽のことも……」

『ああ、僕と一緒に捜査員が木陰くんを探している間、車の中で待機してもらったんだ。ほら、救出された時に陽くんがいた方が木陰くんの気持ちがしっかりすると思って。正式な手順を踏んだ捜査だったら、こんな真似はとてもできないけどね』

「……ありがとうございます」

改めて心の底から感謝し、こまやかな心遣いに感嘆した。確かに、今の木陰にとって身内の顔を見ることは何よりの癒しになるだろう。

冬真が安堵していると、話があるからと再び電話は陽へ戻された。

『あのね、ハンサム刑事』

「うん、どうした?」

『さっき家へも連絡したんだけど……葵兄さんがいないんだ。お母さんが言うには、携帯も持たないで弓を担いだままどこかへ出かけちゃったんだって』

「え……」

『ほら、一昨日の夜、弓道場で葵兄さんがハンサム刑事に食ってかかってたでしょう。そしたら、昨日から何もしゃべらなくなっちゃって、ちょっと心配なんだよね……』

「陽……」

『ハンサム刑事、こっちは大丈夫だから葵兄さんを見つけて。弓だけ持って出るなんて、なんか嫌な予感がするんだ。木陰も心配してる。お願い、絶対に見つけて』

「………」

ここにいる、とはどうしても言えず、冬真は不覚にも声を詰まらせる。

葵を止めたことは間違いではなかったと、心の底からそう思えた。もし、駆けつけるのが五分遅れていたら、葵は弓を岸川へ向けていただろう。どんな事情があるにせよ、たった一度でもそれを己に許した時点で、彼は二度と弓は持たなかったに違いない。

「あの〜、僕コンビニまで買い物へ行きたいんですけど……」

電話のやり取りから流れが変わったのを察したのか、岸川が目に見えて落ち着きをなくし始めた。努めてなんでもない振りを装いつつ、挙動不審で顔色も冴《さ》えない。矢吹はニヤリと片頬《かたほお》だけで微笑み、「コンビニなら、ご一緒しましょう」とわざとらしく調子を合わせた。

「麻績？　なんなんだ、一体。陽は、なんだって？」

脇からは、声を落として葵が怖々と話しかけてくる。もういいか、と冬真は笑い、陽には改めてかけ直すから、と言って一度電話を切った。

「葵、安心しろ。木陰が見つかった」

「え……——」

「無事だそうだ。熱も出していない。体力が少し落ちてるようだけど、特に心配はいらないとさ。家へも電話して、ご両親と最寄りの警察が迎えに行ってるそうだ」

「ほん……とうか……？　本当に木陰が……？」

「ああ。良かったな。これで、俺たちも心置きなく動ける。……ですよね、矢吹さん？」

「ま、そういうこったなぁ」

「嫌だぁっ！」

矢吹が応じた瞬間、岸川が奇声を発してその場から逃げだそうとする。だが、あらかじめ警戒していた矢吹はあっさりと彼を捕らえ、右腕を軽く捻《ねじ》り上げた。痛みに岸川が呻《うめ》き、しばらく見苦しくもがき続ける。その唇からは泣き声混じりの「僕は被害者だ。あの子たちに騙されたんだ」という呟きがエンドレスで漏れてきていた。

「麻績、俺は……」

「行くんだろ、木陰のところに。今から送ってってやる。俺、有休取ってるんだ」

「え？」

屈《かが》んで弓を持ち上げ、丁寧に弓巻きで包み直しながら冬真は言う。

「今日の張り込みは、俺と矢吹さんの趣味だから。ねぇ、矢吹さん？」

「おうよ。もっとも、いきなり忙しくなっちまったけどな。麻績、おまえ午後は出勤だぞ。一足先に戻ってってから、必ず出てこいよ」

「わかってますって」

にこやかに頷き、ほら、と弓を葵へ預ける。彼はしばらく呆けたようにこちらを見つめ返していたが、急に弓の重さを実感したかのように、ぎゅっと強く握りしめた。

「おまえ……そうだったのか……」

「ん？」

「有休まで取って……木陰を……」

「ああ、いや。一刻の猶予もないって思ってさ。一課の人間のままだと、動けないことも多いんだよ。悪いな、融通利かない会社で」

「――麻績」

ふわ、と葵が身体を傾ける。

さらさらの髪が頬を掠め、葵の手にした弓が再び廊下へ滑り落ちた。

「お、おい、葵っ？」

「麻績……麻績……」

無防備な子どものように、葵が夢中でしがみついてくる。

くり返される名前は徐々に潤み、やがて彼は声を殺して泣き出した。

松山町の殺人事件の取り調べが進む中、同時進行で岸川の事情聴取も行われた。

木陰が見つかったことにより事件は拉致監禁に切り替わり、連日担当刑事が厳しく追及をしている。だが、生憎と冬真と矢吹は犯人を引き渡した時点で追い払われたので、岸川の供述の内容は葩島が手を回して教えてくれた。

「自分だけの巫女にしたかった、か。何度聞いても、ぞっとしないな」

休日の午後。甘い微睡《まどろ》みを冬真と楽しんだ後、うつ伏せになった葵はしかめ面で枕に顎《あご》を乗せる。大よその動機は冬真が推測した通りだったが、木陰が男の子だと知ってからは騙された怒りが先にたち、同じ部屋に閉じこめておくのが苦痛になったという。

「腹が立つ。人の弟を、なんだと思ってるんだ」

「男の子だったからといって、今更家には帰せない。そこで、以前からコレクションを収容していたトランクルームへ移した、と。だけど、陽はよくその場所を知ってたなぁ」

「岸川と話した時、自慢していたらしい。巫女に関する物ならなんでも揃ってるから一度遊びにおいで、とか言ったようだ。俺が麻績と話してた時、マンションにいないならどこなんだ、と怒鳴ったのを聞いて、あの子なりに一生懸命思い出したんだろう」

「結局、陽のお手柄だったな」

隣で葵の髪を指で梳《す》きながら、冬真はやれやれと苦笑する。すると、葵は何を思ったのか真っ直ぐな視線をこちらへ向けて、少し怒ったような口調で言った。

「何、言ってるんだ。陽の相談を受けたおまえが、他の刑事に頭を下げてくれたから木陰を助け出せたんだぞ。岸川を救出の報告が来るまでトランクルームへ行かないよう張り込んでいてくれたのは、おまえと矢吹さんじゃないか」

「や、あれは蔀島さんの力だし。あの人が同行したから、部下の刑事も動けたんだから」

「その蔀島さんを動かしたのは——麻績、おまえだ」

「…………」

迷いもなくきっぱりと言い切られ、不覚にも胸が熱くなる。

確かに、蔀島の采配あってこその救出劇だった。しかし、冬真が協力を願い出た際に彼は苦笑しつつ言ったのだ。

『麻績くんがそこまで言うなら、しょうがないね』

無論、抜け目のない蔀島は勝算あってこそ行動を起こしたのだろう。矢面に立った冬真と矢吹は割を食ったが、彼自身は少年事件課に大きな貸しを作れたはずだ。冬真も、それを見越して話を持ちかけた。計算高い蔀島が、動かないわけはないと見込んだ通りだった。

「本当は、おまえが自分で助けに行きたかっただろうに。捜査がスムーズに運ぶように、柄でもない裏方にあえて徹してくれたんだな。……ありがとう」

「葵……」

それなのに俺は、と葵が続けそうだったので、冬真はキスで強引に続きを遮る。陽に口止めをしていたのは情報漏洩《ろうえい》を防ぐ意味もあるが、トランクルームが怪しいと知ったら葵が単独で無茶な行動に出るかもしれないのを危惧《きぐ》してのことだった。

(ま、結局岸川のマンションへ乗り込んできたんだから、ある意味読みは正しかったな)

葵が自己嫌悪に陥るのは無理ないが、それだけ彼も必死だったのだ。

己の矜持《きょうじ》である弓と引き換えにしてでも、木陰を取り戻したいと思い詰めていた。その激しさは、やはり驚嘆に値する。素直に口づけを受け、ぎこちなく応えてくる姿からは想像もできない葵の本質に、またしても深みにハマりそうな予感がした。

「もういいから。事件は終わったんだ。それでいいじゃないか」

「麻績……」

「それに、思いがけず良いものも見られたしな」

「良いもの?」

なんとなく嫌な顔つきで、葵がきつく睨みつける。久しぶりに泊まりがけで来ている彼は艶《なま》めかしい疲労と気だるさを肌に纏《まと》わせ、毅然とした禰宜の姿は片鱗《へんりん》もなかった。

(このギャップが、たまんないんだけどな)

ベッドではどんなに乱れようと、相変わらず目つきだけは厳しく、ジッと見つめられるとやっていない悪い事までつい懺悔《ざんげ》したくなる。そういう意味では、自分よりよほど刑事に向いているんじゃないかと冬真は思ったりした。

「答えろ、麻績。良いものってなんだ」

「いや、今のは失言。なしっていうことで、ひとつ」

「ごまかすな」

いくら詰め寄られても、バカ正直に答えたら喧嘩《けんか》になるのは必然だ。

木陰が見つかった、と報告が入り、岸川が矢吹に確保された時に葵が見せた涙。あの場面は、それまで彼がどれほどの不安に耐えていたか、何より如実に冬真へ伝えてくれた。日頃は強気な分、あんなに無防備な葵を見る機会は滅多にない。それにも増して、自分の胸でためらわずに泣いてくれた、という事実が嬉しかった。

「えーとさ、そんなことより、ほら」

苦し紛れに何か話題はないか、と頭を巡らせ、そうそうと冬真は口を開く。

「木陰はどうしてる？　もう元気なのか？」

「え、木陰か？」

さすがに、弟のことになると「どうでもいい」とは言えないようだ。

葵は渋々追及の手を休めると、一転して穏やかな表情で答えた。

「救出されて、もう二週間だからな。勉強が遅れたとか言って、陽と毎日放課後の補習を受けている。今回の監禁は、あいつらもかなり堪《こた》えたらしいし、もう巫女はやめようかと俺へ言ってきた。例のブログは岸川逮捕で閉鎖されたから、お陰で神社は静かなものだ」

「おい、本当にやめる気なのか？」

「じゃあ、麻績は続けろって言う気か？　あんな目に遭ったんだぞ？」

冗談じゃない、と再び葵は不機嫌になる。まずかった、と冬真は反省し、機嫌を取るようにむきだしの肩へ軽く唇をつけた。双子の巫女姿がもう見られないとなると一抹の淋《さび》しさはあるが、それが原因で今回の事件に巻き込まれたのだから、彼らが「やめる」と言い出したのは当然だ。何より、葵が気が気ではないだろう。

（これで、高清水神社にも平和が訪れる……ってことだよな）

葵が心安らかに過ごしてくれるなら、もちろんそれが一番いい。苦労性で心配性の恋人を持つ身としては、まず願うのはそのことだ。

「こら、麻績。くすぐったいぞ」

「だって、夜には帰っちゃうんだろ？」

「当たり前だ。二日も連泊したら、また弟たちに何を言われるか……」

「それなら、喧嘩なんかしてる時間ないよな。俺もおまえも丸一日休みが重なるなんて、そうそうないんだから楽しまなきゃ。……だろ？」

背中から甘えるように圧し掛かり、肩からうなじへ口づけをずらす。くすぶる火種を刺激され、葵の反応が微妙に熱を帯びてきた。そのまま彼を押し倒し、改めて素肌を重ね合わせ

る。シーツを摑んだ指を手のひらで覆い、零れる吐息に愛撫《あいぶ》でいろんな色をつけていった。

そういえば、と頭の片隅で、冬真はボンヤリ考える。

以前、葵は事件が解決したら、二人でどこか出かけようと言ってきた。

あの約束は、まだ有効だろうか。

（ま、その話は大事な用事を済ませてからでもいいか）

次第に熱くなる肌を絡め、重なる唇から愛を囁く。

愛してる、と屈託なく言葉にできる幸せを、冬真は深く嚙み締めていた。


「それがねー、続けることになったんだ」

すっかり元気を取り戻した木陰が、参道を掃いていた箒《ほうき》の手を休めてケロリと言う。隣で同じように掃除をしていた陽も、「そうなんだよね」とあっけらかんと肯定した。

「続けるって……でも、葵は……」

「なんか、意外な展開だったんだけどさ」

「ちょっと奥さん、耳を貸してくれる？」

まるで近所の噂《うわさ》話をする主婦のように、木陰と陽がちょいちょい、と冬真を呼ぶ。誰が奥さんだ、と突っ込みたいのを堪《こら》え、仕方なく顔を近づけた。これで巫女姿だとあらぬ誤解を生むところだが、幸い今日の二人は男の子の格好だ。心配をかけた分、放課後は境内の掃除で償いなさい、というわけらしい。

「僕がいなくなってる間、事情を知らない氏子さんもいるわけじゃない？　祭事には葵兄さんがお父さんの代理で出ていたそうだけど、〝いつもの巫女さんは？〟ってずいぶんあちこちで訊かれたんだって」

「葵兄さんと約束して、僕と木陰はもう巫女の格好はしません、てことになったんだけど、ご近所からも残念がる声が多くてさ。特にお年寄りに、可愛いから楽しみにしてるんだって言われたのが葵兄さんには効いたみたいだよ」

「でね、とうとう折れてくれたの。ただし、もう取材を受けたり誰かのブログに載ったりするのはダメだって。まぁ、しょうがないよね。僕たちがアイドルになったら、葵兄さん、地味さにますます拍車がかかっちゃうし」

「おまえらなぁ……」

少しはしおらしくなっているかと思えば、一向に堪《こた》えている様子は見られない。つくづくタフな二人に、冬真は呆れるやら感心するやらだ。

だが、一つだけ訂正しなくてはならなかった。それも、この世でもっとも重要な点を。

「葵はな、地味なくらいでちょうどいいんだ。わかったか？」

「え、なんで?」

「今度は、禰宜萌えの奴らが目をつけるだろうが」

「…………」

一瞬シンと黙り込んだ後、陽と木陰は声を揃える。

「禰宜萌え!」

「葱《ねぎ》が、どうかしたのか? ほら、サボってないで掃除する!」

はしゃぐ声を聞き咎め、葵が本殿から顔を出した。

清潔な白衣、灰色の禁欲的な袴《はかま》。

地味な眼鏡に隠れているが、よく見れば綺麗に整った顔がある。

(え、なんか俺、今更だけど――)

一人動揺する冬真をよそに、双子たちは口々に兄の天然ぶりを笑い出した。

「葵兄さん、変換が違うよ。禰宜だよ、禰宜!」

「禰宜萌えなんだよ!」

「は? また何を言ってるんだ、おまえたちは」

相変わらずの双子に面食らいながら、葵がふとこちらを見る。

「麻績? どうした、顔が赤いぞ?」

「い、いや、別に。なんでもないって!」

「そうか？」

ぎこちなく取り繕う冬真に首を傾《かし》げつつ、葵は掃除をサボるな、と双子たちへ説教を始めた。その見慣れた光景を眺めながら、冬真は（いやいやいや！）と首を振る。

（俺は禰宜萌えなんかじゃないぞ！　絶対に違う！　あんなマニアな連中とは絶対に！）

そうだ、と己へ言い聞かせ、鼻息も荒く全否定した後、だけど、と少し思い直した。

強いて挙げれば、自分は『葵萌え』ではあるかもしれない。

（う……それは……ある、かもだ……）

降参とばかりに力無く認め、これから先も勝てる気はしないな、と冬真は笑った。

うちの禰宜が言うことには

『葵《あおい》、旅行に行こう』

唐突に電話口でそんな誘いを受け、咲坂《さきさか》葵は真っ先に「は？」と口走る。だが、発言の主である麻績《おみ》冬真《とうま》は意に介さず、続けて機嫌よくこう言った。

『旅行だよ、旅行。おまえ、事件が解決したら、二人でどこか行こうって言ってただろ』

「だからって、どうして旅行なんだ。どこか近場で、食事でも行けばいいじゃないか」

『それじゃ、普段のデートと変わりないだろうが』

「…………」

『ん？　どうした？』

「いや……なんでも……」

本当は一瞬くらりと目眩《めまい》がしそうになったのだが、かろうじて平静を取り繕う。これが男女の会話なら何も不自然なことはないが、自分たちは男同士だ。恋人という点では変わらなくても、やはり「デート」という単語をさらりと使うのにはまだためらいがある。

(そういうところは、麻績の方が早くに突き抜けてたな)

どこへ行きたいか考えておいてくれ、と言われて携帯電話を切った後、自室のベッドへ座り込んで葵はボンヤリ思う。先に恋を自覚し、アプローチを仕掛けてきたのは冬真の方だったが、あれは情熱のなせる技というよりも彼の性格が合理的だからだ。割り切りが早く、事実を客観的に見つめて無駄に悩まない。つくづく自分とは対照的だと感心する。

(木陰《こかげ》の件では、意外に熱くなる面も見られたけどな)

葵や陽《ひなた》の苦しみを我が事のように受け止め、ある意味自分たち以上に悩んでくれた。事件の最中はそこまで気づく余裕もなかったが、後から思い返すと胸が痛くなる。

『一緒に……その、どこかへ出かけないか？　どこでもいい、麻績の好きな場所へ』

ふと自分の言葉を思い出し、今更のように顔が赤くなった。あの時、どうしてあんなことを言ってしまったのだろう。冷静に振り返り、葵は（そうか）と苦笑を浮かべる。

(俺は、麻績を励ましたかったんだ。取り乱す俺を宥《なだ》め、必死で力づけてくれるあいつを、なんとか元気にしたかった。それで……つい口に出したんだ)

己の誘いでそれができると思うなんて、ずいぶん自惚《うぬぼ》れていたものだ。だが、実際に冬真は喜んでくれた。だから、約束を実行しようと電話をくれたに違いない。

(だけど、まさか旅行を言い出すなんて予想外だった)

思いがけない展開に、鼓動は少しずつ早足になる。

好きな場所へ付き合う、と言ったのは自分だ。行き先は任せてくれたが、きっと冬真には目的地など大した問題ではないからだろう。彼にとって大事なのは、「一緒に旅行へ行く」という点なのだ。今まで二人きりの時間はほとんど取れなかったし、抱き合って眠るのが精一杯という状況ばかりだったので、この辺で恋人らしいこともしておきたい、と思ったのかもしれない。何にせよ、ここは万障繰り合わせてでも出かけるのが誠意というものだ。

(誠意……いや、そうじゃない……な)

堅苦しい発想を我ながらおかしく思い、正直な気持ちに目を向ける。

嬉《うれ》しい——そう、素直に呟《つぶや》いた。

冬真と同じ時間を過ごし、誰にも邪魔されない場所で寄り添い合う。それは、とても幸福な想像図だった。刑事という職務上、冬真はあまりに多忙で時間も読めず、真夜中だろうが事件が起きればすぐ呼び出される。そんな彼に比べて自分は日々規則正しく、心穏やかに務めを行うのが常だった。性格だけでなく、日常までがまるきり反対なのだ。

だからこそ、限られた時間でも濃密に味わうことができる。まして、二十四時間一緒にいられるなら、どれだけ冬真の新しい顔を発見できるだろう。

(あ、でも……)

ふと、現実的な問題が葵の脳裏を掠《かす》めた。

(あいつ、休みは取れるのか？　まさか、旅先から呼び戻されるなんてないだろうな)

ありえないことではないと思ったが、一応覚悟はしておいた方がよさそうだ。そうなったらその時のこと、と思いつつ、それよりももっと頭の痛い存在に眉間《みけん》の皺《しわ》が深くなる。

言うまでもなく、一番の問題は双子の弟たちの反応だった。

翌日、改めて冬真からメールがきた。

『来週の月曜、有休が取れた。週末から二泊三日で旅行、決定していいよな？』

境内《けいだい》を掃除する手を休め、禰宜《ねぎ》姿の葵は取り出した携帯の画面をしばし見つめる。わかった、と返信はしたものの、行き先についてはまだ何も決めていなかった。

（週末か。またずいぶん急だな）

幸い家業を手伝っているので休みは取りやすいが、自分が留守の間は弟たちが野放しになる。ただでさえ巫女《みこ》姿で事件に巻き込まれたばかりなのに、彼らから目を離して大丈夫なのだろうか。さすがに反省はしているようだが、葵はまだ安心できなかった。

「あ！　葵兄さんが〝あんにゅい〟になってる！」

「〝あんにゅい〟？　木陰、なんだよ、それ」

「陽、知らないのかよ。美青年が〝あんにゅい〟になると、フェロモンがダダ漏《も》れになるんだぜ？　そうなったら無敵なんだって、昨日読んだマンガに描いてあった」

「無敵かぁ！　フェロモンってカッコいいな！」

「見つめられただけで、バタバタ人が倒れてくらしいよ」

「マジで？　殺人兵器じゃんか！」

「……そんなものを期待しているなら、悪いがお門違いだぞ」

相変わらずの会話にドッと疲労を感じて割り込むと、双子の弟、木陰と陽は驚いたように
こちらを見る。そっくりな二つの顔に見つめられ、なんなんだ、と葵は怯《ひる》んだ。

「お、おまえたち帰ったんなら掃除の手伝いを……」

「葵兄さんが！」

「ツッコミを入れた！」

世紀の大発見のように歓声を上げ、学生服の二人が駆け寄ってくる。面食らう葵をよそに
彼らは左右から顔を覗《のぞ》き込み、興奮したようにまくしたてた。

「ま、ツッコミというほど切れ味はないけど」

「でも、葵兄さんにしては上出来じゃない？」

「しかもさ、〝美青年〟ってとこは否定しなかったよな、木陰？」

「そうそう！　まず、そこに食いつくかと思ったのにね、陽？」

「う……」

言われてみれば、その通りだ。気まずいところを指摘され、葵は嫌な汗をかく。

「やっぱり、ハンサム刑事《デカ》に影響されたのかも」

「夫婦は似てくるって、ドラマでも言ってるもんな」

「陽、違うって。それを言うなら〝犬は飼い主に似る〟だろ」

「じゃあ、どっちが犬でどっちが飼い主？　僕は、もちろん……」

「いい加減にしなさい！」

たまりかねて怒鳴りつけると、ようやく小悪魔たちはおとなしくなった。二人はゼェゼェと息を荒げる葵の様子をにんまり見つめ、次の瞬間声を上げて笑い出す。

「久々に聞いた、葵兄さんの怒鳴り声！」

「やっと、いつもの葵兄さんらしくなったね！」

「え……？」

無邪気に喜ぶ表情を見て、怒っていた葵は調子が狂ってしまう。だが、自分が安々と弟たちの思惑に乗せられたことは、おぼろげながら察しがついた。どういうことかと困惑していると、木陰がややはにかんだような笑顔で口を開く。

「たくさん心配かけて、ごめんね、葵兄さん」

「木陰……」

「事件の後、バタバタしててちゃんと謝ってなかった気がするから。葵兄さんも、ちょっと遠慮してたでしょ？　僕ね、本当のこと言うともっと怒られると思ってたんだ」

「僕と木陰が、葵兄さんの反対を無視して巫女の格好を続けてたから、あんな目に遭ったんだもんね。だけど、やめなくていいって許してくれたじゃない？」

「それは、ご近所の皆さんが……」

木陰を援護するように続けた陽の言葉に、ますます葵は狼狽《ろうばい》してしまう。日頃は生意気の固まりのような弟たちから、こんな殊勝な態度に出られるとは思わなかった。なんだか、いつもの調子で振り回され、怒っていた自分の方が子どものようだ。

「おまえたちが無事で、こうしてまた笑っている。それだけで、もう充分だ」

いつしか自然と肩の力が抜け、葵も微笑《ほほえ》んでいた。

平凡な日常の尊さは、壊れてみないとなかなかわからない。そのことを誰よりもよく知っているのは、実際に経験したことのある者たちだ。懸念していた精神的ストレスも、木陰に限ってはさほど問題がないようだと医者からも太鼓判を押されたし、仮に何かあったとしても同じ痛みを知っている自分や冬真ならきっと力になれる。葵は初めて被害者であった過去を心強く思い、そんな風に考えられるようになった己の変化が素直に嬉しかった。

「と・こ・ろ・で、さっき携帯を見ながら何を考えてたの？」

「え？」

「陽、野暮な質問は無しだぜ。葵兄さんが惚けた顔する時は、ハンサム刑事が絡《から》んでるに決まってるだろ。何しろ、恋する乙女なんだから」

「…………」

訂正したいのは山々だったが、いちいち口を挟めば相手の思うツボだ。それでも耐えきれず（誰が乙女だ！）と心の中で毒づき、葵は本来の悩みを思い出した。

「旅行？　ハンサム刑事と？」

案の定、思い切って切り出してみるなり双子の瞳が輝き始める。だが、留守中のお務めに関しては彼らに頼まなくてはならないことが細々とあるため、そういつまでも黙っているわけにもいかなかった。

幸い参拝客の姿もなかったので、自分を真ん中に双子たちと鳥居下の階段に並んで腰を下ろす。咥《くわ》え煙草でこの階段を登ってきた冬真と境内で出会い、神域を汚すなと怒鳴りつけたのがまるで昨日のことのように感じられた。

（その相手と恋に落ちて、旅行へ行こうとまで話しているなんて……人生、何が起きるのか本当にわからないものだよな……）

間もなく、冬真と過ごす初めての冬が訪れようとしている。

暮れ始めた夕陽を眺めながら、葵はしんみりとそんな呟きを胸で漏らした――が。

「旅行って言ったら、もう定番は温泉だよね！」

「陽、そんなの常識だろ。シリーズだったら、間違いなく温泉編の登場だね。そんで、二人きりのはずが何だかんだと邪魔が入って、クライマックスの露天風呂でやっとエッチだよ」

「満天の星空の下、おまえと出会えてよかった……とかモノローグ入っちゃって」

「男同士だから、同じ風呂に入れるのは利点だよな、とか言っちゃって」

「最後にイチャついている時、何も知らないお邪魔虫が入ってきて慌てたり」

「ごまかそうと勢い余って、ハンサム刑事を湯船に沈めちゃったり」

「だけど、気の毒なのはその後で露天風呂に入るお客だよな」

「でも、お湯は循環させてるんじゃないの。なんなら、貸し切りでもいいわけだし」

「露天風呂付きの部屋とかね。けど、刑事の安月給で大丈夫かなぁ」

「おまえたち……」

際限なく続く会話は、止める間もなくどんどんおかしな方向へ逸《そ》れていく。

もはや反論する気力も湧かない葵は、温泉だけは何があろうと絶対にやめよう、と深く深く心に決めたのだった。


「あのさ……」

かつては弓道の合宿などでも活用したボストンバッグを提げた葵を見て、カジュアルな私服姿の冬真が少し引きつった笑みを浮かべる。

「電話で聞いた時はまさかと思ったけど……本気なんだ？」

「当たり前だ。第一、麻績が言ったんだろう。行き先は俺が決めていいと」

「それはそうだけど……」

開き直って言い返したら、異を唱えても無駄だと悟ったようだ。しかし、何か言いたげな表情は変わらない。それも無理のないことだと思ったものの、葵は自分の決定を翻《ひるがえ》す気はなかった。冬真には悪いが、自分なりに熟考した挙句の結論なのだ。

「ま、いいからとりあえず上がれよ。荷物、重いだろ」

「お邪魔する」

苦笑しつつ促され、葵は勝手知ったる冬真の部屋へ神妙な顔で足を踏み入れた。

双子たちの意見はまるで参考にならなかったので、その日一日考えた結果、葵は行き先を『麻績のマンション』にすることにした。それは旅行じゃないんじゃないかと、初めに話を聞いた冬真は苦言を呈したが、どこで過ごそうと結局は一緒にいることに意味がある。それなら、観光や食事などで時間を潰《つぶ》すよりももっとおまえという人間を知りたい、と言ったら渋々ながらも理解を示してくれたのだった。

ただし、冬真のマンションに滞在することは家族にも内緒にしてある。何かあったら携帯に連絡をしてほしい、と告げただけで、あくまで旅行へ出かけたように振る舞っていた。

『え～っ、なんで教えてくれないの。なんでなんで！』

『どこへ行くかわかんなかったら、お土産頼めないじゃん！』

弟たちの非難を一身に浴び、それでも葵は沈黙を貫く。近場にいると公にしたら雑務を彼らに代行してもらうことに罪悪感を覚えるし、そもそも「それ、旅行じゃないし」と言われたらそれまでだからだ。そうなると、連泊で家を空けるのは心情的に辛《つら》くなる。

「まったく、葵は面白いよな。二泊三日、二人で引きこもろうなんて予想外の提案だったよ」

「やっぱり嫌か？　もし、麻績がどうしてもというなら……」

「帰る、とか言うんだろ？　別に嫌じゃないから、心配するなって」

柔らかく背中から抱き締め、冬真は囁《ささや》くように甘い声を出した。リビングの床へボストンバッグを下ろし、葵は胸の上で交差する彼の腕にそっと指をかける。

「我儘《わがまま》を聞いてくれて、ありがとう」

「お？　今日は素直だな？」

「本音を言えば、旅行も悪くはないんだ。おまえだって楽しみにしていただろうし、俺もここ最近は遠出をしていなかったから、知らない土地へ行くのは良い気分転換になる」

「そうだな。とにかく、いろいろあったしなぁ」

「でも、出かければ人目もあるし、どこでもこうして触れ合うわけにはいかないだろう？」

「葵……」

その言葉は、冬真にとって少し意外だったようだ。僅《わず》かに腕の力が緩み、うなじへしっとりと吐息が降りかかる。微《かす》かに鼻孔をくすぐる整髪料の香りは、自分を抱いている男が間違いなく恋しい相手だと教えてくれ、葵は心の底から寛《くつろ》ぐのを感じていた。

二泊三日。誰にも仕事にも邪魔されず、飽きるほどずっと一緒にいられる。それは、露天風呂付きの高級旅館へ泊まるより、もっと贅沢なことだと思った。

「とりあえず、何か食おうか。そろそろ昼になるし。葵、何が食いたい？」

「蕎麦《そば》」

「そ、即答だな。じゃあ、美味《うま》い店を知ってるから出前でも……」

「そういうと思って、準備をしてきた。麻績、手伝ってくれ。今から作るから」

「作る？」

オウム返しに問いかける彼へ、葵は足元のボストンバッグから様々な道具や材料を取り出して見せる。蕎麦粉にめん棒、食材と完璧なラインナップだ。どうだ、と言わんばかりに肩越しに振り返ると、呆気《あっけ》に取られたような顔のまま冬真が呆然《ぼうぜん》と呟いた。

「もしかして……粉から？」

同じ頃。目と鼻の先のマンションに兄がいるとも知らず、双子たちは境内で張り切って箒《ほうき》を動かしていた。土曜日なので学校はなく、二人揃《そろ》って色違いのフード付きトレーナーにジーンズという年相応の格好をしていたが、それには重大な理由がある。

「それじゃ、お兄ちゃんたちはどこに行ったかわからないの？」

「そうなんだよね、冬美《ふゆみ》ちゃん。ひどいと思わない？」

「僕と陽に掃除とか本殿の雑巾《ぞうきん》がけとかさせてさぁ、お土産のリクエストもさせてくれないつもりなんだよ。僕は、断固抗議する。葵兄さんが帰ったら、問い詰めてやるよ」

「僕だって！　僕なんか、木陰よりもっと抗議するよ！」

「いいから、陽は黙ってろって。今、僕が冬美ちゃんと話してるんだろ」

「そっちこそ、いいとこ持ってくなよ、木陰」

目の前でたちまち言い合いを始めた双子に、冬真の腹違いの妹、麻績冬美は車椅子の上で目を丸くする。彼らは同年代の冬美を一目見た時から気に入っていて、何かにつけて互いにけん制し、取り合っているのだ。

「でも、嬉しいな。ずっとメール交換やチャットばかりだったし、生身の冬美ちゃんに会うの久しぶりだもんね。な、陽？」

「うんうん。うちのお母さんも、冬美ちゃんが来るの楽しみにしてたんだよ。ほら、僕んちは男ばっかりだからさ。な、木陰？」

いつまでも揉めてると冬美に嫌われてしまうので、大概のところで切り上げ、二人は仲良く顔を見合わせる。高清水《たかしみず》神社の宮司の妻、要するに双子と葵の母親は社務所の奥で近所の奥さん連中を相手にお茶とお花の教室を開いており、少し遠いが今日から冬美の母親も習いに来ることになったのだ。お稽古の最中は双子が冬美の相手をすることになったので、木陰も陽も俄然《がぜん》張り切っているのだった。

「そうかぁ。土曜日だから、お兄ちゃんがお休みなら帰りにマンションへ寄ろうかってお母さんと話してたのにな。旅行に行ってるんじゃ、しょうがないよね」

冬美は可愛《かわい》い顔を残念そうに曇らせ、「でも」と双子を交互に見つめる。

「葵さんと一緒だなんて、ちょっとびっくり。お兄ちゃんたち、ずいぶん仲がいいのね」

「そりゃあ、二人は恋人……もがっ」

「恋人？」

調子に乗った陽の口を急いで塞《ふさ》ぎ、木陰が慌てて声を張り上げた。

「こ、恋人がいない者同士だから！　淋《さび》しい独身男二人、気が合ったんじゃない？」

「そ、そういうこと！」

乱暴に木陰の右手を引き剝《は》がし、陽も熱くフォローに努める。だが、それを聞くなり冬美はもっと暗い表情になり、ほとんど不機嫌と言ってもいい口調で言い返してきた。

「お兄ちゃんは、淋しい独身男なんかじゃないわ」

「へ？」

「だって、お兄ちゃんはカッコいいもの。私が知る限り、お兄ちゃんより素敵な人はいないわ。頭はいいし顔もいいし、いつだって私にとっても優しいのよ。禁煙したから私が贈ったライターは使えなくなっちゃったけど、その時だって〝ごめんな〟ってちゃんと謝ってくれたんだから。使わなくても、冬美だと思っていつも持ち歩くよって」

「………」

熱弁をふるう冬美の様子に、（これは）と木陰も陽も焦りを感じる。

もしかしなくても、冬美の態度はいわゆるブラコンというやつだ。聞くところによると冬美の母は後妻で半分しか血が繋《つな》がっていないのだが、年が離れている分、冬真は冬美を溺愛《できあい》しているらしい。現在、不幸な事件のせいで車椅子の生活を余儀なくされているので尚更心配で仕方ないようだ。だから、冬美が彼へ懐くのは自然の成り行きと言えた。

「でもさ、ちょっと重症だと思わない？　あの目、すっごいキラキラしてるよ」

「僕と木陰を見る時とは、なんか違うよね。パンダと猿くらい温度差がある」

「不公平だよな。僕たちは、ハンサム刑事の恋路をあんなに応援してあげてるのに」

「なんかさ、理不尽だよね？　今頃、二人は温泉でアンアン言ってるのに」

「や、それはちょっと時間が早すぎない？　まだ明るいんだからさ」

「バッカ、陽。明るくなかったら、何にも見えないじゃん」

冬美から少し離れた二人は、危機感に煽《あお》られヒソヒソと会話を交わしている。最後は少々脱線したが、とにかく冬真が当面のライバルであることは確定だった。そうなると、敵に塩ばかり送ってもいられない。これからは、もっと賢く立ち回る必要がありそうだ。

「ねぇ、二人で何を話してるの？　私にも教えて？」

不思議に思った冬美が、屈託なく話しかけてくる。

なんでもないよ、と笑顔を返しながら、双子は悪魔の尻尾《しっぽ》を急いで隠した。


あ、美味《うま》い。

一口蕎麦を啜《すす》った瞬間、冬真が感嘆したように声を出す。葵はそんな彼を満足そうに眺めると、自分も出来たての蕎麦を喉《のど》へ流し込んだ。

「それにしても、びっくりしたな。まさか、葵から手打ち蕎麦のレクチャーを受けるとは夢にも思わなかった。案外、力がいるもんなんだなぁ」

「コツさえ摑《つか》めれば、そんなに力を入れなくてもコシのある蕎麦が打てるようになる。だけど、麻績はけっこう筋がいいな。俺が先輩に教わった時は、茹《ゆ》でるとすぐ千切《ちぎ》れて悲惨なものだった。……やっぱり、おまえは何をやらせてもソツがないんだな」

「そんな、悔しそうに褒めなくても」

冗談めかして言いはしたが、少しだけ悔しいのは事実だった。大学に在学中、弓道部の合宿で食事の支度をする際、覚えたのが蕎麦の打ち方だ。腕の力を鍛えるのにもいい、と部員たちの間で代々受け継がれてきた伝統だったが、不器用な葵はまともな蕎麦が打てるようになるまでけっこう時間がかかったのだ。

（それを、見よう見真似で完璧にこなすんだからな）

食卓で豪快に食べ続けている冬真へ、葵は改めて問いかけてみたくなる。

どうして、彼は自分を選んだのだろう。

客観的に見ても、冬真のような出来過ぎの男がわざわざ口説《くど》く相手が、自分のような人間なのは腑《ふ》に落ちない。まして、彼はゲイというわけでもないのだ。今までさんざん「惚《ほ》れた理由」とやらは聞かされてきたが、それでもまだ葵には納得がいかなかった。

「葵？　どうした、もう腹一杯か？」

「あ、いや、ちょっとボーッとしていた。こんな呑気《のんき》な時間、久しぶりなものだから」

「俺もそうだよ。食べたら、昼寝でもしようか」

テーブル越しに見つめる顔は、こちらまで幸せになるような極上の笑顔だ。なんだかんだ戸惑ってはいたが、いざスタートしてしまえば葵と二人きり、という状況に彼も心安らいでいるのがよくわかった。

「昼寝して、起きたら温泉の素でも入れて風呂に入って、酒でも飲みながらＤＶＤ観よう」

「それから？」

「その後は……その後だろ」

気のせいか、少し冬真は赤くなったようだ。深い意味もなく尋ねた葵は、あっと己の鈍さが恥ずかしくなったが、いい年をした男二人がこんな他愛もない会話で赤面してる図を想像したら、なんだか可笑《おか》しくなってきてしまった。

「あのなぁ、葵。いきなり笑うなよ、失礼な奴だな」

「ごめん。だけど、悪くないなと思ったんだ」

「悪くない？」

「今回の思いつきだよ。麻績と二人、気が済むまで引きこもる。時間に縛られずやりたいことをして、好きな話だけをして。考えてみたら、贅沢な時間の使い方だよな」

「じゃあ、やりたいことの提案をしていいか？」

身を乗り出し、何やら企《たくら》んだ表情で冬真が迫ってくる。葵は頷き、正面から彼の目を見返した。おおよそ言われる内容は見当がついたが、何故《なぜ》だか心は弾んでくる。それは、恐らく冬真と自分の気持ちが同じ方向を見ていると確信できるからだろう。

「昼寝の前に、葵を抱きたい」

「それから？」

「狭いけど、一緒に風呂へ入ろう。上がったら酒を飲みながらイチャイチャして、ＤＶＤはパスして飲みすぎないうちにベッドへ潜り込む」

「じゃあ、二回目はベッドだな」

「俺は、三回目があってもいいんだけど？」

おどけたセリフの後、更に顔が近づいてキスをされた。葵は心地好《よ》く瞳を閉じ、自ら進んで唇を受け入れる。手のひらで頬《ほお》を包まれ、上向かされる頃には、もう何度めのキスかもわからなくなっていた。

「好きだよ、葵」

「麻績……」

吐息で囁き合いながら、飽きずにキスをくり返す。甘く濡《ぬ》れた唇は、相手を独占できる喜びに震えていた。彼がどうして自分を選んだのか、その理由はまだ実感できなくても、誰より求められているのは確かだった。

「ん……ん……ぅ……」

激しい愛撫《あいぶ》に舌を搦《から》め捕《と》られ、欲望に芯が火照《ほて》り出す。テーブルに邪魔され触れられない距離が、余計に互いを燃え上がらせた。

「くそっ、好きで好きでしょうがないな」

冬真が一度キスを休み、強引に腕を摑んでくる。そのまま急《せ》くように寝室へ向かい、羞《しゅう》恥《ち》を覚える間もなくベッドで組み敷かれた。

「三日間、葵は俺のものだ。禰宜でも兄でもなく、俺の恋人だ」

「それを言うなら、麻績だって俺のものだろう？」

「え？」

「好きで好きでしょうがないのは、俺の方だ……と思う」

「最後で弱気になるなよ」

ぷっと噴き出した後、冬真は照れ隠しのようにきつく抱き締めてくる。こんなに明るいうちから兄が不埒《ふらち》な行為に及んでいるとは、よもや弟たちも思うまい。そんな独白を胸で呟いてから、葵は想いを込めて彼を抱き締め返す。

(そうだ。旅行のお土産、どうしたらいいかな)

眼鏡を外され、服のボタンに手をかけられている最中、ふと葵は考えた。聡《さと》い双子は、そう簡単に騙《だま》されてはくれないに違いない。何かいいアイディアはないかと思ったが、冬真の淫《みだ》らな指が思考を妨げる。

(――まぁ、いいか。バレたら、その時はその時だ)

今までの頑《かたく》なな自分からは、考えられないような結論だった。冬真に感化されたかな、と苦笑したところで弟たちの言葉がふと脳裏に浮かぶ。

『夫婦は似てくるって、ドラマでも言ってるもんな』

『それを言うなら〝犬は飼い主に似る〟だろ』

じゃあ、どっちが犬でどっちが飼い主なんだ？

露《あら》わになった肌へ口づけ、舌先で鎖骨を愛撫する冬真に、心の中で問いかける。やっていることは間違いなく彼の方が犬っぽいのだが、直《じき》に自分も理性を捨ててしまうのはわかっていた。欲望のままに相手を求め、深い快感をせがんで啜《すす》り泣く。こんな風に言葉を組み立てていられるのも今のうちだけだ。

それもいいか、と葵は潤み出した肌へ溜め息を漏らす。

答えなんて急がなくても、まだ自分たちには時間がたっぷりある。

「葵、愛している」

喘《あえ》ぐような愛の囁きに、葵は目を閉じて彼の肩をそっと嚙《か》んだ。

うちの上司が言うことには

正直なところを話せば、初対面からその男の印象は良くなかった。

キャリアだか何だか知らないが、優美な容姿と品のいい物腰、裕福な実家と辞《や》め検《けん》の弁護士を父に持つが故の豊富な人脈、加えて国家公務員Ⅰ種に余裕で合格したという優秀すぎて嫌みな頭脳。それら全てが、矢吹信次《やぶきしんじ》を取り巻く環境とは対照的だったからだ。

だが、普段ならそれだけで煙たがりはしない。プロフィールだけで敵意を持つのは、単なるやっかみだ。矢吹が彼——葩島蓮也《はいしまれんや》に警報を鳴らしたのは「よろしくお願いします」と配属初日に挨拶をした彼の目が、笑顔とは裏腹に少しも笑っていなかったからだ。

殺人、強盗を専門に捜査する一課。二十九歳になる矢吹は今年で勤務五年目になるが、ここへ配属されてから連日目の回るような忙しさで、階級は未《いま》だに巡査部長のままだ。昇進試験を受ける勉強時間が取れないのと、もともとあまり出世に興味がないせいもある。だが、一番のネックは上司への心証がすこぶる悪い、に尽きるだろう。

「矢吹先輩、遠山《とおやま》課長の勧めたお見合い、席上で断ったんですよね？」

葩島と初めてプライベートな会話をしたのは、喫煙室で煙草を吸っている時だった。一番安い国産を吸っている脇で、煙たそうに目を細めながら唐突に無遠慮な話題を持ち出され、少なからず矢吹はギョッとする。

「誰に聞いたんだか知らねぇけど、もう一年以上も前のことだぞ」

「見合い相手の令嬢に、面と向かって言ったんでしょう？　〝自分は出世にも家庭にも興味がない。結婚しても、貴女を大事にはできません〟って。お陰で、遠山課長のメンツは丸潰れ。左遷されなかっただけマシだったとか」

「何度断ってもしつこいから、二度と見合い話なんざ持ってこないようにしたんだよ」

「結婚、する気はないんですか？」

「………」

なんで、おまえにそんなこと訊かれなきゃなんないんだ。

咄嗟《とっさ》に喉元までそんな言葉がせり上がったが、矢吹は眉をひそめただけで無視をした。二課から回ってきた奴の研修は、半年ほどでまた別の課へ移るはずだ。世話役を仰せつかった自分との縁もそれで自動的に切れる。それまでの我慢だ。

(仮に一課へ戻ることがあったとしても、その頃には上司になってるだろうしな)

実際、蓜島とは五歳の年の差以上の違いを感じていた。年齢にそぐわない落ち着き、新人らしからぬ立ち居振る舞い。だが、住む世界の違う自分のことを眼中に入れているとはまさか思わなかった。

「俺は、一課に来てまだ日が浅いですけど」

「ああ？」

まだ、何か言い足りないことでもあるんだろうか。矢吹が咥《くわ》え煙草で面倒そうに答えると、意に介した様子もなく蔵島は言った。

「将来、俺が使えそうな人材って矢吹さんくらいなんですよね」

「は……？」

「だから、俺が警視になって戻ってくるまで刑事は続けていてほしいな」

「おまえ……バカか？」

思わず、そう口走っていた。毎年のように幹部候補生がやってきて、勉強はできるが対人スキルはゼロのスタンプを押されて帰っていく。だが、今自分の横で涼しい横顔を見せているこの男ほどの阿呆は見たことがない、と思った。

「大体、好き好んで一課へ戻らなくたっていいだろうよ。おまえ、三ヶ国語できるって話だろ。外務省にでも出向して、楽なコースで上へ行きゃいいじゃないか」

「それじゃ、面白くありません」

生意気にも、蔵島はそう返してくる。そうして、彼は初めて真正面からこちらを見据え、人懐こい瞳でニコリと笑った。第一印象を覆《くつがえ》すには充分な、力のある微笑だった。

「俺は、現場に立って自分の手足を使った仕事をしたいんです。何故だかわかります？」

「……いや」

「俺が目論んだ通りに動ける人間が、そうそういないからです。そうしたら、自分でやるしかないでしょう。でも、矢吹さんなら大丈夫だと思って。俺の指示を的確に理解して、先を読んで動いてくれるはずです」

「買い被りすぎだよ」

「だって、あなたは仕事が好きでしょう？　骨身を惜しまず、プライベートを犠牲にしてでも寝食忘れて仕事へ打ち込んでくれる。課長に睨まれようが、三十を目前に恋人の一人もいなかろうがお構いなしに。そんな人、他にはいませんよ」

途中からはとても褒められている気がしなくて、「バカにしてんのか」と怒鳴りつけたくなる。しかし、葩島は本気のようだった。本気なだけに、始末が悪いと矢吹はほぞを嚙んだ。

「だから、矢吹さん」

「なんだよ」

「つまんない結婚なんかで、余計な時間を取られないでくださいね」

「…………」

ストレートに身勝手な意見を押し付けられ、逆に逆らう気が失せていく。同時に、もしかしたら、という淡い期待が矢吹の胸に生まれていた。

傲岸不遜な本質を、柔らかな美貌に包んだ男。

もしかしたら、こいつなら本当に可能かもしれない。己の出世や立場のことばかり気にかけて、被害者の痛みや犯人への憤りを二の次、三の次にするウンザリな輩《やから》とは違う、本当の意味での刑事を育成してくれるかもしれない。上から目線の発言なのはどうかと思うが、要は理想を実現する力を持っているかどうか、だ。

「一つ、確認していいか」

吸い殻を灰皿へ押し付け、矢吹は窺うように萢島を見返した。

「おまえが優秀な部下を欲しがるのは、自分の出世のためか？」

「そうですよ」

にっこりと、笑みの輪郭を濃くして彼は答えた。

「俺が上へ行けば、犯罪は減ります。そのためには、早く登り詰めないとね」

「本気で言ってるなら、相当におめでたいぞ」

「でも、あなたは俺の言葉を信じたがっている」

「…………」

図星だったので何も言えず、とうとう矢吹は観念する。何も、今すぐ結論を出さなくてもいいのだ。これから数ヶ月、萢島のお手並みを拝見して、それから自分自身に問えばいい。

こいつが、本当に理想の上司たり得るのかを。

「あ、そうだ。俺、矢吹さんを呼びに来たんでした」

「はっ？」

「遠山課長が、なんだか話があるそうです。先日のA町強盗事件の報告書、どういうことか